意地でも旅するフィンランド

芹澤 桂

幻冬舎文庫

意地でも旅するフィンランド
もくじ

意地でも旅するフィンランド

はじめに　フィンランドから旅してみた

私もかつては旅行が好きだった。

のっけから過去形で始まるのは、旅行好きのフィンランド人夫と出会い、私と出会った時点で既に80か国以上に上陸したことのあった相手には敵わないと思ったからだ。訪れた国の数で負けるとかそういうんじゃなく、なんていうか旅行に対する情熱が違う。

こちとら長年日本で働いていて、年に数日しか取れない有給休暇をどうにか工面し海外に年1、2度行く程度。

対して相手は1ヶ月の夏休みに加えて数年働いたら10ヶ月休暇が取れる制度だの、ハブ空港の近くに住んでいる特権だのを利用して、年中飛び回っているのだ。

更に夫の場合、休暇まるまる全部を旅行に当てるものだから、旅行中にまた次の旅行の計画を立てて旅先のホテルの部屋にいながら航空券を予約したりもする。

それを共に旅行しながら目の当たりにして、この人尋常じゃないなと呆れ返り、気軽に旅行好きを名乗れなくなってしまったのである。

そんなこんなで結婚してから5年間ぐらいは既に次の旅行の航空券やフェリーの予約が取ってあるような状態だった。

このシリーズはそんな旅行好きな夫と、旅行を愛したのちに疲れた私と、途中で生まれてきてさらに夫に育休という翼を与えた子供たちをも巻き込んだ旅行記である。なお、フィンランド国内のスポットを紹介するガイド本ではない。

世界を何十か国も旅した夫の「まだ行ったことのない国に行きたい」という希望に沿うのは難しい。

私は結婚前、UKやアイルランドの城廻りが好きでそっち方面ばかり1人で行っていた。途中、そのついでに欧州の国を少し覗き見した程度。イタリアもベルギーもオランダも行ったことがなかった。

つまり普通にローマで遺跡を見たり、ベルギーでワッフル食べたり、そういう旅行がしたかったのだ。

しかし結婚した相手は、欧州各国なんてとっくに制覇している。

次に行きたい国は？　などとうっかり聞いてしまったなら「〜スタン」とか、中南米の国とか、地理にあまり強くない私が正確にどこにあるのか把握していない場所が候補地に出てくるのだ。

夫はとにかく新しい国に行きたい。

私は逆に、一度訪れて気に入った場所に定期的に「帰り」たい。

どんなカップルも最初はすり合わせが必要だと思うけれど、これに関しての妥協点を探るには苦労した。夫にも定期的に帰りたいと思っている特別な国はあるが、それは日本なのである。

まあいきなりはどこにあるかわからない遠い外国や日本は行けないから、とどうにか説得し、私がフィンランドに移住して初めて飛んだ先は、スコットランドである。

利害一致のスコットランドへ

スコットランドには日本からたびたび1人で、または物好きな観光に付き合ってくれる友人と、訪れていた。

主に春から夏にかけての天候の良い時期を狙うのだけれど、いつも寒い。

今年こそはと思って出かけても、寒い。気温が極端に低いわけじゃないけれど、どんより曇り空に当たる確率がなぜか高かった。

それでも「イギリスの天気は1日の中に四季がある」などと言われているのと同じくスコットランドでも晴れ間がのぞけば汗ばんで上着を手放したくなるほどで、そんなひとときの青空の下で見る景色はどこも美しかった。

高台の城から見下ろす街並み、ハイランド地方に鳴り響くバグパイプの生演奏、湖だらけの田舎道。

そこへ前触れもなくやってくる一瞬の晴れ間がそれまで見ていた景色の色調をがら

りと変える。それがまた見たくて、病みつきになってしまうのだ。

更に私は運転免許証を持っていないので公共交通機関を駆使して、かつては田舎の海辺に残された城址など、マニアックなところばかり回っていた。途中、バスの車窓から木々の向こうに見えるまた別の素敵な城址や城壁らしきものが目に入ってきたとしても降りることはできない。

そこへ海外での運転も厭わないという夫が戦力に加わればこれはもう、誘わない手はないだろう。

更にスコットランドの首都エディンバラといえば8月に街丸ごとがイベント会場になると言っても過言ではない大規模のイベント・エディンバラ・フェスティバル・フリンジが開催されるのである。

フリンジには私も一度訪れ、絶対また来ようと誓わせる強力な魅力があった。いや、魅力なんて言っては軽すぎる。

普段のエディンバラの重々しい古い街並みが醸し出す魔力。それが明るい方向に輝いて人の心を鷲掴みにするのがフリンジなのだ。

簡単に言うと街中を使ったアートイベントで期間中はそこかしこで音楽鑑賞、舞台鑑賞、ストリートパフォーマンスが楽しめるようになるのだけれど、特に小劇場系の芝居やスタンドアップコメディ、コンテンポラリーサーカスなどが世界中から集結する。

私は城好きでもあるけれど、いろいろなご縁があって学生の頃から無類のサーカス好きでもある。

コンテンポラリーサーカス、というのはそれを説明するだけで一冊書けてしまうのだけれど、別の言葉で現代サーカス、アートサーカスなどと呼ばれている。従来の動物ショウを見世物にした大型テントで行うサーカスとは別で、動物を使わないもの、小規模の劇場などで行われるものも多い。日本ではシルクドゥソレイユがその代表としてよく知られている。

その、普段はアンテナを張り巡らせてやっと年に数回見られる程度のコンテンポラリーサーカスが、フリンジに行けば数日間で10本単位も見られてしまうのだ。

しかも今までは日本からはるばるやってきたけれど、フィンランドからなら近い。本当は乗り継ぎやらなんやらでそうでもないけど、心理的に近い。

ごく普通の会社員である夫は、これが彼の持ち合わせる一番の技能ではないかと定期的にしみじみ感謝しているのだけれど、単館系の映画やらサブカルチャー系の音楽なども嗜み、他人の趣味にも寛容で柔軟に付き合う。

つまり、結婚前からフィンランドで、日本で、私のサーカス鑑賞に付き合っているうちに、夫もサーカスにも大いなる関心を抱くようになったのだ。これは私の紹介するサーカスがどれも世界最高レベルでかつ初心者にも優しいものだったから、というのももちろん関係しているのだけれど。

そんなわけで、スコットランド。

キャンプとウィスキーの蒸留所巡りもしたい夫と、頭の中サーカスと城だらけの私の利害が一致した。

一緒に暮らし始めて最初の長い海外旅行だったので、私はこれをハネムーンとしても良いのだけれど、夫に言わせると「欧州内でしかもフィンランドより寒いところなんて認めない、ハネムーンはビーチリゾートじゃなければ」だそうだ。

私はビーチなんて焼けるし苦手な虫がいるし行きたくない派。というわけでここでもすり合わせが必要になってくるのだけれど、それはまたちょっと先のお話。

次回はスコットランドの、初心者がいきなりキャンプなんてするとこうなる、の回をお届けします。

ちょっと肩慣らし。のはずだったスコットランド2週間キャンプ

ヘルシンキからアムステルダムで乗り継ぎエディンバラに入り、空港で予約していたレンタカーを受け取りイングランドとの国境に向かい、夕暮れ時に最初の宿泊地に到着した私は途方に暮れていた。

8月初旬。日本なら夏休みの真っ最中、正真正銘の夏。

同じ北半球のここもてっきり同じだとばかり思っていたのだけれど、寒いのだ。天気予報を見ると今夜は8度まで冷え込むという。日本なら真冬でコートを着込むレベル。フィンランド人の夫も「フィンランドより寒い」と隣でぶつぶつ言っている。

しかもこれからこの気温の中キャンプをしようという。

宿泊地として車を停めたのは国境近く、イングランド側にあるとある牧場だった。元農家や牧場主が広大な土地をキャンプ場として貸し出すケースは欧州ではとても多い。ここもその一例で、大きく柵に囲まれた緑の上に、日が落ちる前にとそこかし

こで旅人たちがテントを張っている。みどるおぶのうぇあ。なあんにもない場所。薄墨色の重たい空を背景にキャンパーたちがペグを打ち込むハンマーの音が響き渡り、どこか見えないところで夕餉を騒音に邪魔された牛が低く抗議する声が聞こえてくる。

私と夫もスーツケースから小型軽量テントをゴソゴソと取り出して設置にかかった。夫はキャンプの経験ありで、私も一度だけフィンランド国内で練習をしている。テントを組み立てる作業に難儀はしなかったものの、LCCを乗り継ぐという旅程の都合で、本来ならバックパックに入れるなりくくりつけるなりしているはずの畳まれた状態のテントが大型スーツケースの中にあり、そのスーツケースを芝生というか牧草地でまず広げるところから始まるというなんとも不恰好なスタートだった。荷造りを間違えちゃった素人のような風情。

しかも予想外に冷え込んだものだから、張り切って揃えた夏用のアウトドアジャケットの下に街歩き用に持ってきたカーディガンを押し込むように着て、スカートを重ね穿きして、という大変滑稽なコスチュームで公式キャンプぞめ、となった。

キャンプをしようと言い出したのはもちろん夫である。

２週間スコットランドを旅すると決まったとき、

「でも毎日テントじゃなくて時々はホテルとかB&Bに泊まるよね……？」

と連日キャンプに自信のない初心者の私はおずおずと聞いてみたのだけれど、却下された。

「北ヨーロッパなんて夏ぐらいしかアウトドア楽しめないんだから、毎日キャンプしない手はない」

と。北ヨーロッパに大変失礼な言いようだ。

本当は他の季節でも北ヨーロッパを楽しむ術はあるし、逆に夏でもキャンプを楽しめない例はこれからたっぷりと見ることになるし、今振り返れば夫はケチだっただけなのではとこっそり思っている。

欧州でキャンプ場を利用するとテント区画代、駐車場代、大人2人の利用料込みで約20〜35ユーロ。宿に泊まるとドミトリーでない限り50ユーロ近くはするからテント泊の方が圧倒的に安上がりだ。

私も予算の都合で例えば5日しかホテル泊できないぐらいなら、長くその土地を楽しむために10日間テント泊をする方がいい。

日本では完全なインドア派でアウトドアギアはもちろんのことスニーカーもTシャ

ツも持っていないような生活を送っていたのだけれど、キャンプの魅力を説かれ、なおかつお試しにキャンプをしたのがカラッとしたフィンランドの夏でのことだったので爽やかな空気の中で目覚める快適さにはまってしまい、結局スコットランドでもキャンプ旅をすることとなった。

ちなみにキャンプや世界旅行に関しては夫の経験値の方が上であるけれど、スコットランドと特にハイランド地方に関しては私の方が欧州人である夫より上手である。

夫はスコットランドといえばエディンバラと地方都市のグラスゴーぐらいしか訪れたことがなかった。

私は日本にいたときから、または若い頃の英国滞在中に、イングランドを縦断しスコットランドをたびたび訪れていた。運転免許を持っていないので公共交通機関や都市から出る単発ツアーを駆使し、マニアックな城を巡っていた。おおよその土地勘はあったので欧州人の夫をアジア人の私が案内して、いや正しくは運転させて、観光に連れまわす、なんなら過去に一人で訪れた場所を夫にも見せるという変な旅だった。

それなのに夫婦ともに旅をしていると、明らかに北ヨーロッパ出身の、長身で骨太、色白でダークブロンドといった見た目の夫には聞かない「どこから来たの？」という質問が、私には投げかけられる。部外者扱い。

たまに2人にそう聞かれたとして、夫が先に「フィンランド」と答えると、相手はさらに私が答えるのを待っている。私がフィンランドから来たという回答は期待しておらず、その他のエキゾチックな土地からだろうと答えを待っているのだ。

このスコットランド旅のとき、私はフィンランドに移住したてでまだ正式に居住ビザも取っていなかった。自分でもなんて答えるべきなのかいつも迷いながら、「日本人だけどフィンランドに住んでいます」とわざわざ正確に返していたのをよく覚えている。

これはフィンランドでもよその国でもよく起きることで、私が自信を持って「フィンランドです」と言い切れるようになるのはまだまだ先のお話。

別に嫌な気持ちになったわけでもないけれど、夫は聞かれないのに不公平だなぁと、私の方がUKのこと知ってるのになぁと、好きな国だからこそふてくされるような気分になったのは否めない。

この、差別と呼ぶにはあまりにも無垢で悪意のかけらもない、「見た目によって受ける対応の差や思い込み」は、知らない土地の人々の中だけに起きることではなかった。

　旅の途中、スコットランドのとある田舎町で、道を聞いた。

　小さいながら中央に教会と遊歩道もありチェーン店もメインストリートに揃っているような愛らしい町で、私たちはスーパーを探していた。中心部には見当たらないけれど大型スーパーが郊外に建っていることはイングランドやスコットランドでよくあることだ。

　観光案内所にて２人で並んで聞いてみると、思った通りＵＫのチェーン店テスコが近いという。案内所の女性が、あそこの角を曲がってこの建物が見えたらこっちに折れて、と説明してくれた。確か３回ぐらい曲がるような、比較的単純な道順だったと思う。

　これで今日の夕食の確保も大丈夫だね、と２人して車に戻り出発すると、お互い記憶し思い描いていた道順がまったく違っていた。

　女性は主に英語を話せそうに見える欧州人の夫に向かって説明し、私はそれを横でふんふんと適当に聞いている。夫も頷いているから大丈夫だろう、とメモも取らない。夫の方が英語力は上だと当時は思っていたのだ。

夫は夫で、私の英語がイギリス訛りでリスニングにも耐性があると思っているから大丈夫だろうとなんとなく聞いている。わからなかったところはあとで聞けばいいや、と。

しかしその実2人ともスコットランドの田舎のアクセントがよくわからず、聞き間違いや勘違いを重ねていたのだ。

その後案の定道に迷い、今度は通りがかりのパブの前で飲んでいた地元のおっちゃんに車の窓越しにスーパーまでの行き方を聞いてみた。今度は2人とも聞き取れたけれどどういうわけだかたどり着かず、一軒家が並ぶ丘の上の閑静な住宅街に出てしまった。

広い庭でガーデニングをしているご婦人を捕まえて、車を降りた私がもう一度道順を聞いてみた。やはり幹線道路から数回曲がるだけの簡単な行き方で、それなのに見つからなかった。

2人とも空腹で、もはやここまで来るとコントのようだねと笑った。お互いここで短気を起こすような性格じゃなかったのは救いだ。

道順については夫が推測するに、人の脳は口では右と言いながら左を意味しているということがたびたび起きるのだそうで、それが重なったのではないかというのだけれど、私には地元の人たちが外国人の私を見たが故の緊張や夫婦間でお互いに理解しているだろうという気のゆるみ、そして私たちの完璧ではない英語力も加味され、このスーパー一軒を巡る小さい町での大冒険は起きていたように思う。

最終的に夫の「女性が聞いた方が丁寧な案内が得られる」という昨今では差別発言に取られかねないアドバイスにより、私単独でガソリンスタンドで働いている髭を伸ばした強面のお兄さんに聞くと簡単な地図を描いてくれ、ついにたどり着いたスーパーは閉店時間になっていて結局別のミニスーパーで何か適当に食べられるものを見繕ってその日は凌いだ。

この女性が行くと、男性が行くと、という役割分担はこの旅では大いに役立ち21世紀なのにと私は驚いたものである。その話はまた次回。

そもそも私がスコットランドを繰り返し訪れることになったのは、学生時代の英文学の教授が彼(か)の地の北西部に位置するスカイ島を「この世のものと思えない」と表現しており、これは行ってみねばとイングランド滞在中に立ち寄ったのがきっかけだった。

その後も何度かＵＫ、アイルランドと併せて訪れるうち、夏でもなかなかカラッと晴れてくれない空に、滅多に笑わない美人さんの笑顔を求めるような気持ちで通いつめ、次に行ったときこそはすっきりした青空が見えるんじゃないか、見えたらさぞ美しいんじゃないかと期待し続けているのである。

が、夫を引き連れていざ上陸したときも、やっぱり天気はパッとしなかった。

イングランドとの国境の向こう側にあるハドリアヌスの長城を見に行ったときも、天気は曇り。

三角形が珍しいカラヴァロック城を見物をしたときも、曇り。

城好きとしては青空をバックに城壁や外堀の最高の写真をカメラに収めたいのに、滅多に来られない城に限ってついていない。

それなのにスコットランド西側にあるアイラ島にて夫に合わせてウィスキーの蒸留所巡りを始めたときはどういうわけか雲がすっとひき、暑いほど日が照ってくるから不思議なものである。

アイラ島では蒸留所3軒を回った。この小さな島はピート香のあるウィスキーで知られ、アードベッグ、ラガヴーリン、ラフロイグ、ブルックラディなど世界でも有名な銘柄の蒸留所のいくつかは、観光客でもふらっと立ち寄れるようになっている。

試飲も低額で何種類かを飲み比べられ、ウィスキー好きにはたまらない。

私は日本を代表する下戸といっても過言でないぐらいに飲めないけれど、各種お酒の味は好きなのだ。体がそれを分解できないだけ。

ワインも日本酒も焼酎もブランデーも、夫に付き合って蒸留所を世界各地で巡るうちに、香りと、舌先にほんの少しつけたときの感覚だけで楽しめるようになった。試飲の量でも飲み下すと酔う。夫曰く、経済的酔っ払い、なのだそうである。

というわけでここアイラ島でもそんな風にスモーキーなウィスキーを舐めつつ、起伏の少ない島を歩いてまた次の蒸留所に行き試飲して、お気に入りが見つかったら買って、という飲兵衛ウォーキングを満喫した。

量は楽しめないながら香り高いウィスキーは香水にしたいと思うぐらい魅力的だったし、潮風に吹かれてめったに拝めない青空を文字通り拝むように巡礼する島旅はようやく休暇らしくなってきた。と、いうのにゆっくりできないのが夫との旅だ。

その翌日、あわただしくスカイ島へ向かいさらに蒸留所を巡った。数年前に初めて訪れたときと同じくどんよりとした曇り空が戻ってきて、よく知っている暗い空におかえりと言われているようでぞくぞくした。

それでも起伏のある地をたまに照らす筋状の日光はそれはそれで美しいものがあった。前回はバスで通りかかっただけのアイリーンドナン城も見物することができたし、ネッシーで有名なネス湖のほとりに位置するアーカート城は私には二度目ながら夫を連れてきたい場所のひとつだったので、念願が叶い熱を入れて案内をした。

このあたりでようやく夫も、城好きによる城解説、私の場合は歴史がどうのというより何を見るとおもしろいか、を聞いて、私がなぜそんなにスコットランドにまた行きたがっていたか納得したようである。城そのものにもいちいち頷いて感心するようになった。考え方が柔軟な伴侶を持つと人生が楽しい。

スカイ島ではフィンランドではあまり見かけない塩サバと大好きな生ガキを、ウィスキーと一緒に堪能してからスコットランド本島に戻って、またテント泊の準備にとりかかった。

テントで眠るのも通算4泊目だったので、私はすっかり一人でテントを立てられるぐらいには手慣れていたのだけれど、このとき強い風が吹き始めた。

一風変わったキャンプ場で、通路を中央に段々畑のような家1軒分ぐらいの区画が左右に3段ずつ、つまり計6区画あり、その横に公衆トイレ然としたトイレとシャワーの小屋が付いているだけの場所だった。スタッフもおらず、支払いは翌朝集金に来ると小さい掲示板に張り紙が出ている。他のテントは3張りほど。

小さいキャンプ場では珍しくはなく、オフラインで使えるUKキャンプ場マップを手掛かりに、その日その時間の現在地によって眠る場所を選ぶとたびたびこういう隠れ家のような、どの村にも属していないようなところが見つかる。予定に左右されない旅は気楽で楽しかったのだけれど、それがあだになった。

強く吹いていた風が生暖かく湿ってきた。日本ではおなじみの、夕立前のあれだ。案の定テントにポールを通し、よっこいしょと起こして地面に固定する前に、大粒の雨が降り出した。空は暗い。18時前だったと思うが、ほぼ夜のような暗闇。なんでもいいから早くテントを立てて雨に濡れないテントの中に潜り込みたいところである。

ところが夫が、こっちの方が風があまり強く当たらないかも、などと段々畑の区画を降りて、テントの場所を変更しようと提案してくる。

私に言わせれば、同じテント場の中の数メートル先かどうかなんてほぼ同じ。大なり小なり雨も風もあたる。私は大雑把な性格なのだ。

しかし夫は正反対、いつも、少しでもベターな、もっと言うとベストオブベストを選ぼうと躍起になる。例えばネット上の買い物での決断には私の30倍ぐらいかけて各種レビューを各種プラットフォームにて各種言語でチェックする。そうやって絞り込んだ候補商品5種類ぐらいをさらにじっくり見比べるという、待つのが嫌いな私が傍(はた)から見ていらいらするプロセスが必要なのだ。

このときも私はいらいらした。なんでこの強風のなか、超軽量のテントを風で持っていかれそうになりながら移動してまでベストを選ばなければいけないのだ、と。なので私が立てかけたテントの反対側を夫が持って動こうとしたとき、ちょいとまずは議論を、と手が抵抗した。

その矢先に、テントの中心を支えるポールが折れた。

軽くても丈夫なはずのアルミポールが、それはもう壊れましたといわんばかりにぽっきりと折れた。

テントキットの中にはポールが折れた際に使う補修部品が入っている。筒状で、折れた個所を覆いポールをまっすぐに保てるようになっている。しかしそれを使うと肝心のテントの中にポールが入らない。サイズが違うようである。おまけにポールがテントの中で折れた際、テントの屋根部分の布、スリーブに穴も開いてしまった。

雨と風に打たれテントの修繕を試みるも暗く適した部品もなく、このままではかろうじてテントを立てられたとしても雨漏りする。諦めて私たちはすっかり濡れたテントを強風の中でどうにか畳み、車に戻った。

毎日テント泊する、というルールを捨て、今夜の宿をひとまず探すためだ。

暗い海沿いの道を走らせてしばらくすると村が現れた。漁村だろう。小さい船が何艘か停まっている。歩いている人は見当たらず、UKのどの町にもあると言われているパブもない。ただし道路沿いに、Ｂ＆Ｂと手書きで書かれた看板が丘の上へ続く坂道を指している。こんな辺鄙な村にも宿はあるのだ、万歳。

手書き看板の先、Ｂ＆Ｂと小さい看板を掲げるドアの呼び鈴を鳴らすと小さなご婦人が出て、今日はあいにくやっていないの、と申し訳なさそうに教えてくれた。キャンプじゃないんだからこんな時間から宿が簡単に見つかるわけがない。次の村へ行こうとすると、そのご婦人がちょっと待って、と電話をかけてくれた。ご近所で同じようにＢ＆Ｂを営んでいるお友達がいるという。

ご婦人は電話が終わると、空いているみたいだから案内するわと道まで出てくれ、この先にあるから、と教えてくれた。私と夫は値段も聞いていなかったのに今更断りづらくなってきたぞ、と別の意味でどきどきしながら、そのもう一軒の宿へと向かった。

暗くて周囲はよく見えなかったけれど、また別の、隣の丘の上にその宿はあった。外壁に明かりが灯り、ベッドアンドブレックファスト、と出ている。ベッドなんて、朝食なんて滅相もありませんから屋根があるだけでありがたい、と言いたくなるような天気がここでも続いていた。雨は止んではまた降り始める。

宿の主はやはり妙齢のご婦人で、丸顔に眼鏡、気さくな方だった。

電話を受けて玄関先で待っていてくれ、雨に濡れてテントが壊れたという私たちの境遇を「まあなんてかわいそうに！」と嘆き、空き部屋はあるからどうぞという。

こわごわと値段を聞くと2人で70ポンド。毎晩その半額以下で寝泊まりしてきた身にはぜいたくだけれど、宿としては無難な値段だ。私なら即言い値を支払うだろう。

しかし夫が、「持ち合わせはそんなになく予算の上限は50ポンドなんですけど……」と困ったように言う。

夫は、実は年上キラーだ。特に人目を引く顔立ちというわけではないけれど、男女問わず、特に年上の女性にはとにかくかわいがられるタイプ。

このときも、私はそんな予算が存在することさえ知らなかったというのに、そして別に生活に困るような立場でもなかろうに、宿の女主人に「そう、仕方ないわね……。じゃあ60ポンドでいいわ」と言わせてしまった。「他のお客さんには内緒でね」とウインクまで。これ絶対、私が値切り交渉してもだめだったはず。

かくして私たちは何日ぶりかの屋根と、ふかふかのベッドと、濡れたテントを屋根付きガレージで乾かせるという恩恵にあずかったのである。

一晩寝台列車で寝たらそこはオーロラ

寝台列車に飛び乗って、と書いてしまうとロマンス逃避行のような、鼻の奥がムズムズしてくる変なスパイスがふりかかってしまうのだけれど、その年が明けたばかりのある冬の日、私と夫は寝台列車に乗り込んだ。ヘルシンキ発、ラップランド行き。

珍しくプラットフォームで駆けなくてもいいぐらいの時間帯に駅に着いたものの、慌ただしく飛び乗ったような気分になってしまったのは、電車のチケットを前日に予約した弾丸旅行だったこと、日はすっかり暮れてあたりは真っ暗だったこと、そして何より自宅から駅まで乗って来た車をたった今乗り捨てるように後部車両に置いて来たからである。

書き間違いではない。これは私が生まれて初めてカートレイン、つまりフェリーのように車も乗客も乗せて走る電車、に乗ったときの話である。

その年我が夫は例によって、日本人から見るとそんなに取って大丈夫なのかと心配するような休暇の一部を、適当に年始に消化すべく取っていた。確か2週間ほど。

どこに行く予約も入っていない休暇は本当に珍しいので、これで家でゆっくりできるぞと私が安心したのもつかの間、夫は毎日のように直前予約割の旅行プランが並んだサイトをのぞいている。彼にとってはどこにも行かない休暇というのは我慢ならないらしく、事前に何も決まっていないときこそ危険、旅行好きの血が騒いで隙あらばビーチやら南国やらに飛ぼうとする。そうやって「とりあえず休暇取っておくよ、いい飛行機のチケットがあればどこかに行けばいいし、そうじゃなきゃ家にいてもいいし」なんて騙され続けること数回、夫がそう言ったのちにどこにも行かないなんてことはまったくなかったのだ。ただの一度も。

しかもそういうときほど出発直前に旅行が決定するので本当に忙しい。

このときも数日前に、ラップランドでオーロラ出現率が上がっているというのがニュースになっていた。それを見た夫は毎時間のように天気予報と飛行機と鉄道のチケットを確認し、前日になってどうやら晴れ続きらしいぞ、雲に邪魔される可能性も低いぞと確信すると寝台列車のチケットを予約したのである。

ちょうど同じ冬の初めに近所で生まれて初めてのオーロラを見てから夫はオーロラ

をもっと見たがっていた。奇跡的にヘルシンキでも観測できたオーロラも、北極圏ラップランドまで行けばさらに美しいはず、と。

そんなに急に予定を決められたら普通、妻というものは怒ったりするのだろうか。一般的なことはわからないけれど私はそのときフリーランス。仕事ならいつでもできるし、オーロラにはそこまで情熱を傾けられないもののどこかに行けるのは単純に楽しいし、何より交通手段のカートレインにひっそりと心を躍らせていた。

「ラップランド？　前も一緒に行ったのになんでこの寒いときにもっと寒いところまで行かなきゃいけないの？　え、カートレイン？　しかも寝台列車！……行く」

そこからが大忙し。旅行好きが高じて荷造りに慣れているとはいえ行き先は北極圏。極寒地に必要な装備を家中からかき集めて、車のトランクに鞄を放り込むように詰め込み家を出た。旅先の宿の予約も同時進行。ちなみにまったくの余談だがフィンランド人の夫が薦める北極圏でも耐えうる装備というのは「ヒートテックが最強」なのだそうだ。

そして駅に着いたら車を電車に搭載する専用のプラットフォームへ向かった。普段電車を乗り降りする駅のプラットフォームからはだいぶ離れていて、そうと知らない限りわからないような小さな看板が出ている。そこで凍結防止のために荷物を全部おろし、運転手の夫のみが係員にしたがって車を乗せ、私は小さなガラス張りの待合室で待っていた。

2階建ての積載貨車の上階部分に乗ることになった夫の車は屋根もなくむき出しの状態である。貨物列車のようなイメージといえばわかりやすいだろうか。一応北国ゆえエンジンヒーターにつなぐケーブルはあったものの雪が途中で降れば積もるし窓も凍るだろう。

そうやって車を預けたら今度は歩いて10分ほどの通常の駅舎へ行き、寝台車に乗り込むのである。夜食用に急いでサブウェイでサンドイッチを買ったらもう時間切れ、電車は大げさなアナウンスもなく通勤電車のようにあっさりと北に向かって走り出した。

寝台車は、私が子供の頃に日本で乗ったことのあるものと比べてずっと清潔で快適だった。個室で二段ベッドが付いており、トイレがちゃんとついている！　と心躍らせてみればさらにその横の小さなシンクが取り付けてある壁をくるっと回転させるとあら不思議、シャワー室が裏に潜んでいる、という、狭いながらにも忍者屋敷ばりに工夫された造りだった。北極圏まで出かけて行って私が一番感銘を受けたのは実はこの電車である。機会があればまた乗りたい。

電車が走り出すとしばらくして改札係が回ってきた。個室のドア一つ一つをノックしてチケットを確認しているのである。とはいえとっくにデジタル化されているのでスマホ画面のコードを見せて機械でぴっと読み込むだけ。制服を着たおじさんだったけれど長髪を後ろで束ね、丸くて大きな黒いピアスを耳たぶに下げていたのが印象的だった。電車の揺れる音に合わせるように夫と少し雑談を交わし、出て行った。クリスマス休暇も終わっている時期だったので電車は空いているようだ。

個室キャビンにひとつだけついている小さな窓の下には壁備え付けの椅子もあり、外を見て旅番組を気取ろうとしたけれど、ここはフィンランド。街灯もなく真っ暗でうすぼんやりと雪が光を吸収し、どこまでも同じ風景だった。もともとどこでも眠れる体質なので、早々にベッドに横になり電車にゆられるままに睡眠をとった。

目覚めたらそこは雪国だった、と書ければいいのだけれど、はじめっから雪国だったので当然目が覚めてもそこは雪国のままだった。ただ、雪の量というか質が変わって針葉樹の幹にも葉にもへばりつくようについている。ヘルシンキのさらさらと落ちる雪とは大違い。気温が桁違いだからというのももちろんあるだろう。電車はあと1、

2時間で目的地に着くらしい。

憧れの食堂車は、映画で見るような赤いベルベットのじゅうたんが敷かれているわけでもなくフィンランドらしく簡素なカフェテリアといったところだった。メニューもミートボールとマッシュポテトとか、フライドポテトとハンバーガーとか、冷凍食品のミールセットにありそうなものばかり。くつろげそうになかったので、紅茶だけ紙カップに入れてもらって個室で飲んだ。

というのもそのとき私は妊娠中。盛大な吐きつわりはだんだん引いてきた頃ではあったけれど、まだ匂いや空腹など小さなことをきっかけにうっとなる恐れがあった。少し前までは毎日吐いていたから自分の体調を信用できなくなっていたのである。それで万が一のことがあったら困ると自室にこもることにした。この点、飛行機と比べると個室のある寝台列車の旅は大変ありがたい。電車内を動き回れてむくむ心配も少ないし、到着地ではレンタカーではなく乗り慣れた夫の車が待っている。

しかしいざ到着して、北極圏の周りに見事に何もない駅でさあ車を受け取ろうとするとエンジンがかからないという。むき出しで停まっていた車は、到着の何分前かにエンジンヒーターがかかり極寒地でもすぐに走り出せる予定だったのだが、そのヒーターにつながれている元のヒューズが壊れていたらしい。夫の車だけでなくこの終着駅で降りるはずの車が何台も立ち往生。気温はマイナス20度を大きく下回ってマイナス25度に達していたと思う。晴れてはいるが決して暖かいわけではなく屋根もないプラットフォームで荷物を雪の上に置いたまま、係員や乗客が試行錯誤して車を動かそうとしているのをただ見守っていると、むき出しの頬はぴりぴり、まつげはあっという間に凍り、首元のマフラーも呼吸が凍ってぱりっとしてきた。駅舎もあるにはあるが同じように車が動かなくて身動きが取れなくなった家族連れやスキー板を抱えた旅行客でごった返している。電車内は清掃が始まって戻れそうにない。私は外で待つことにした。足をゆっくりと踏み鳴らし極厚の手袋の中で指もしっかり動かしながら凍傷にならないように細心の注意を払って。

30分は経っただろうか。やがて夫が地道に凍った窓を溶かしドアをなんとか開け、ゆっくりとエンジンをスタートさせ、同じように周りの乗客も徐々に車を動かせるようになった頃、一人の客がトランクからウォッカの瓶を取り出し係員に「ありがとう、まあ飲めや」と手渡そうとした。きっとエストニアあたりから安く買ってきた大量のアルコールのうちの一本なのだろう。日本なら制服を着たＪＲの社員がそんなものを受け取ることはないのだろうけど、その作業員は頬を緩め受け取っていた。いや、ありがとうじゃないってば。そもそもこの状況、整備不良とか説明責任とかロスした時間の埋め合わせとかいろいろあるのでは。まあいいけど。

とにかく寒いので冷え切った車でも車内にいられるのはありがたい。極寒過ぎてなかなか利かない暖房をあてに北極圏を走り回る旅が、始まった。

寝台車で寝ている間に車を乗せた電車は一晩で北極圏へ。車を受け取ったあとは、予約を入れていたコテージへと向かった。

直前の予約ながら湖畔の、車でしか行けそうもない個人所有の手頃なコテージが見つかり、オーロラ観測にはうってつけだった。

オーロラを見る秘訣は、とたまに聞かれるけれど、気象条件をしっかり見極めることの次に大事なのが見る場所だ。街の灯りはもちろん妨げになるので、灯りの届かないところが望ましく、かと言って森の中では雪や樹氷をたっぷり蓄えた針葉樹に囲まれて何も見えないということも起こりうるので開けた場所が必要になってくる。それから一晩中探す気力も。

実は数年前にも日本から旅行で訪れたフィンランドにて、オーロラを見るべくコテージに3泊ほどしたことがある。しかしそのときは純粋な観光客、北極圏のすべてが、なんなら雪までもが私には珍しく昼間はスキーにスケート、トナカイソリにスノーモービルとあらゆるアクティビティに参加しまくり、夜は疲れてしまった。夜は夜で2時間ごとにアラームをセットして外の様子を見に行きはしたものの、オーロラがどんなものかわかっておらず、星の灯りや遠くに見えるオレンジ色の街の灯りの反射に惑わされただけ。ささっと空を見てそれらしきものがないと引き上げた。そんなやり方で神秘的なオーロラ様が見えるわけない。本当は一晩中起きて待つぐらいの気合いが必要なのだ。

というわけで2度目のチャレンジでは完璧なコテージを見つけて意気揚々とチェックインしたのだけれど、フィンランドでコテージというのは通常木造のサマーコテージである。予約サイトの説明には一応、冬も使えるよう電気が通っていて薪ストーブがある、と書かれていたけれど、いざ中に入ると寒い。

なんせこの日、この北極圏にある村では観測史上最低気温を更新して、午後2時ぐらいに暗くなると気温もぐっと下がり温度計の針はマイナス41度を指していたのだ。

コテージではセントラルヒーターの設定を目一杯あげ、薪ストーブもがんがん焚き、その上の薪コンロでお湯も沸かして湿度をあげ、とどうにか工夫して生き延びた。

またそんな寒さだから、小屋の玄関ポーチを横切ると大きな薪サウナがあり、この国のサウナ文化に感謝して火を入れようとしたらなんと床が凍っていた。古い設備で、サウナストーブにかけるための水をためているタンクから水が漏れて凍ったようだ。タンクの中ももちろんしっかり凍っていて、サウナストーブと隣り合っているため少しずつ溶けてくれた水の部分を大事に大事にすくい上げてやっとロウリュができる、という状態。サウナを温めてもドアの立て付けも悪く下部から外気が入ってくるようで、結局その床の分厚い氷は約1時間に亘るサウナ浴の間溶けないままだった。氷の城や氷ホテルに続く新スポット・氷サウナ、という新しい切り口で売り出したらサウナブームの日本で受けるかもしれない。まあ、普通の気温じゃこんなに凍らないだろうけど。

しかもこのコテージサイト、個人所有ながらいくつかのコテージが敷地内にぽつぽつと建っており、きっと夏なんかは人気の宿泊地なのだろうけど、なんとトイレは共同である。シェアするのはいい、貧乏旅ばかりで慣れている。

が、共同というのはすなわち「部屋の外にある」を指すのだ。ホテルの場合は個室のドアの向こう。コテージの場合は屋外。

予想通りここでも、トイレはコテージから30ｍほど離れたところにあった。用を足すには服を着込んでブーツを履いて、たっぷり積もった雪の中とマイナス40度の空気の中を歩き、そこへたどり着かなければならない。しかもたどり着く先はバイオトイレ。非水洗。これはもうサバイバルである。キャンプよりも本気のサバイバル。一歩間違ったら死ぬ、とまでいかなくても指の1、2本ぐらい凍傷でなくなっても不思議じゃない。

おかしいな、ちょっと前まで私は東京で都会的な生活をしていたはず。

不幸中の幸いだったのはこのとき妊婦ながらも初期の頻繁にお手洗いが恋しくなる時期を終えたばかりだったことだ。実はこの3週間前にも旅行でドバイにいたのだけれど（この話もまたいつか）、その際は暑さとこまめな水分補給のせいで林立しているショッピングセンターのすべてのお手洗いをコンプリートしたのではないかというほどだった。

しかし今回は極寒を前に体がびっくり、私の生理的現象もつわりも引っ込んでしまった。バイオトイレの中もすっかり凍てついていて悪臭もせずいっそ清々しい。氷点下もここまで来ればあっぱれだ。

肝心のオーロラはというと、以前にも詳しく書いたので手短に述べると、見えた。天気予報とオーロラ予想の通り、２日連続で見られた。

日中は疲れすぎると困るのとあらゆるアクティビティに参加できない身だったので、ドライブでできる範囲の観光のみして体力を温存していた。思い返しても何かを特別にしたという記憶がなく、本当にオーロラだけを見に行ったのだ。今の慌ただしい生活を考えるとなんとも贅沢な旅である。

強いて思い出せることといえば、コテージから車で数分ほどの土産物屋併設の、おそらくフィンランドで一番安い「コーヒーとドーナツセットで50セント（約70円）」というカフェに毎日通ったことと、そこの女主人が独特な性格だったこと（一度話し始めると何分もご近所の噂をリークしてくれる。「うちの近所にも中国人の奥さんいるわよ、旦那がまた独占的な性格でね……」といった具合に）、それでも売られている防寒小物や各種お土産品はお手頃で何かとお買い物したこと（スノー用手袋の下に重ねる毛糸の手袋など急遽必要になったもの多数。コーヒーとドーナツに釣られて消費している自覚はある）、それから両国の国境に近いのをいいことにノルウェーとスウェーデンに用事もないのにちょっとドライブに行ったこと、ぐらいだ。普段はヘルシンキからフェリーに乗って海を越えて隣国へ行くことが多いので、陸続きというのはフィンランド人の夫もわくわくするらしい。国境にパスポートチェックがあるわけでもないのに、「ここから先、国が変わりますよ」という看板を写真に収めるなど観光客気分だった。

そして最初のオーロラ観測2晩ののちは毎日曇り続きという予報が出ていてオーロラを見られる可能性もぐっと減ってしまったし、その小さな村周辺はすっかり観光し尽くしてしまったし、と4泊の予定を早めに切り上げて帰ることにした。コテージを貸してくれた所有者もチェックイン時から「まあ飽きたら予定変更しなよ、どうせオフシーズンだし」とのどかなものである。

帰りはカートレインの代わりに車で途中途中の町に寄りつつ、一泊しつつ約1000㎞を夫がヘルシンキまで運転した。ダウンヒルスキーで有名なリゾート町で山を眺め、手書きの看板が出ているだけのトナカイファームでトナカイ肉を買い、サンタクロース村で有名な観光地を冷やかし……と忙しいように見えて、私はその実助手席で眠りこけていただけだった。なんせ道中は全部雪道、特に北極圏を出てからは代わり映えがしないのだ。

それでも、だ。夫はまたラップランドに行きたいという。今でも海外旅行の予定が入っていない休暇の行き先として何かと候補地にあがる。秋は紅葉が眩しいし、春は経験したことないので興味があるし、夏は夏で白夜の下で見る湖や山々は格別なのだと。

更に冬となると一度沈んだ太陽が2ヶ月後まで出てこない極夜という期間がある。この間ただ暗いわけではなく、正午前後の数時間は地平線の下の太陽が樹氷や雪道をうっすらと薄紅に染め、その上の空は淡い藤色、と奥ゆかしいグラデーションが楽しめる。まるでオパールのような色合いで、私は密かにオーロラよりも綺麗だと思っている。

ちなみに未だに当時の観測史上最低気温はその界隈では破られていないらしいので、あの頃より暖かいならまた行くのもいいかと思ってしまうあたり、感覚が麻痺しているようだ。

フィンランド人がビーチを愛する理由

　毎年フィンランドの秋の終わりは寒くて暗い。最南端に位置するヘルシンキでさえ11月の平均最高気温は4度、日没は午後4時前、しかも日が短いだけではなく11月初め頃からひと月ほど毎日のように厚い雲に覆われてどんよりしている。フィンランドの人々はそんな季節を、自虐を込めてはいるのだろうが惨めな季節だとかこの世の終わりだとか呼んでいて、大袈裟だなぁと移住当初は思っていたけれど今なら断言する。うん、わりかし悲惨だ。

　そんな季節を避けるべく、うちの夫はよく夏休みをずらして11月や12月頭、まだ雪も積もらず視界が暗い時期に取っていた。そんなにずらしたらもう夏休みではなかろうと思うのだけれど、会社の中でも子持ちはどうしても子の学校が夏休みのうちに休まないとならないため、ずらして取れる独身者や子供が小さい社員はむしろ歓迎されるのだという。

そうやって獲得したオフシーズンの長期休みに、フィンランド人が向かう先は問答無用でビーチだ。

フィンランドにだってビーチはあるけれど短い夏、水温を考えて快適に泳げることを考えたらせいぜい2ヶ月しか使えない、役立たずな代物である。みんなの肌が夏の日焼けもすっかり抜けて青白く変容していく季節にこそ日に当たることに情熱をかける人々は一定数国内に生息しており、うちの夫もその類だ。何かにつけて泳ぎたい、という。泳げる気温の国で日に当たりたい、と。

私は、というと今考えたら贅沢な話だが、移住して2、3年ぐらいはわざわざ日焼けしにいく意味がわからず、いくらビタミンDが云々と言われても納得できなかった。

そんなわけでその年もビーチリゾートに行きたい夫と、孤島よりもシティライフを楽しみたい私とで、旅先をどこにするか合戦が繰り広げられた。夫が提案するのは毎回、

・自身が行ったことのない国
・ビーチがあって泳げる場所
・物価が高すぎないところ

で、日本では聞いたこともなかったような島国の名前が次々と飛び出してくるのである。

私だって行ったことのない国には行ってみたい。でも泳ぐぐらいしかすることのない場所は退屈だし何かあったときのことを考えたら不安でもある。

そんな中決まった行き先が、UAEとオマーンである。12月半ば、10日間の旅。

UAEのドバイは、言うまでもなく大都市だ。背の高い建物が未来都市さながら冗談のように立ち並び、英語もどこでも通じる。しかも物価も高くなく、オフシーズンのプール付きホテルで一泊50ユーロ程度（約6000円）だという。ビーチも街中にある。フィンランドからの直行便も出ており、ちょっとした休日にはうってつけだろう。しかもそんなに手軽に行けるのに夫の訪れた国には含まれていない。彼の中では欧州人がショッピングに行くイメージが強く今まで食指が動かなかったのだそうだ。

しかしその隣国のオマーンが彼の心を動かした。ドバイから首都のマスカットまで長距離バスで行けるにも拘わらず、更に少し足を延ばせば遺跡や峡谷などアドベンチャー要素が詰まっている場所が点在するのだ。しかも一度の旅行でカントリーポイントが2ポイント加点となる。

カントリーポイントとは我が家の旅行を記録していく上で重要な要素だ。と言ってもうちの夫が勝手に言い出したもので仕組みは簡単、今まで訪れたことのない国に上陸すると加点されるのだ。つまり、ポイント数＝行ったことのある国。夫の場合はそれが結婚前で80だか90だか。私は結婚前はせいぜい10程度だった。

このカントリーポイント、単純ながらもポイント数が上がるほど当然次に行く国選びの難易度があがっていくので、夫はしょっちゅう「カントリーポイントを稼ぎたい」と無邪気に言い出しては私をうんざりさせている。

正直ばかばかしいシステムだと思う。旅行での経験値というのは国数ではなくて何をして、見て、どんなに美味しいものを食べたかに基づくべきで、ただすごろくのようにその地を踏むだけでは加算されるべきではない。というのが私の持論で、ことあるごとに「その国の首都で少なくとも1泊はして公用語で挨拶して土地の名物を食べていないならカウントし直すべき」と本人にも言い聞かせてきた。しかしこれだけ本人が純粋に楽しんでいるゲーム感覚のものをけちょんけちょんに言っても怒らないのが我が夫の美点のひとつで、結婚以降はその国の特色を楽しむような旅程も取り入れるようになった。かといって80か国以上を全部行き直されても困るのだけれども。

幸いこのときは、私も訪れたことのないイスラム文化圏に興味があったし、中東料理は大好きだし、ホテルにプールが付いているなら旅先でいつもアクティブに動き回る夫とも珍しくゆっくりした休暇が送れるだろうと安心して計画を進めている矢先、第一子の妊娠がわかった。

というより実はホテルや飛行機諸々の予約をする段階から、万が一妊娠したら、というのも視野に入れてのドバイだった。ドバイには英語の通じるきちんとした病院もあれば、欧州への直行便も一日何便も飛んでいる。

フィンランドの健康保険システムにかかっていると、EU内で使える健康保険証も発行でき、EU内であればどの国であってもフィンランド国内と同等の値段、つまりほとんど無料、もしくは入院費一日数千円程度の負担で治療が受けられるのだ。

この数年後に実際イタリアで子供が病院にかかったけれどアポなし、大学病院での診察だったにも拘わらず、フィンランド国内と同様に治療費は無料だった。

つまり旅先で何かあっても旅行保険によってドバイで治療は受けられるし、長引きそうならEUのどこかに飛べばフィンランドの保険システムが適用される。第一、妊娠初期のトラブルは悲しいことに医者も本人も何もできないケース、すなわち自然流産が一番多いのでどうしようもない。

あとはそういった不慮の流産後に自己の行動を責めるかどうかメンタルの問題で、それに関しては少し悩んだけれど、日常生活を送っていたって結局些細なことをつまみ出しては自分を責めることになるのだろうから一緒だろうなと私の場合は結論づけた。

そこまで割り切りつつもネウボラで恐る恐る担当の保健師に相談すると、年配の保健師は彼女が着ている花柄のマリメッコのワンピースと同じぐらい明るい笑顔で「ドバイなんていいじゃない！　フィンランドにいたって暗いだけだしいっぱいお日様浴びてきなさいよ」と送り出してくれたのだ。ここまで賛成されるとは思っていなかったのでこれは目から鱗だった。

ドバイ空港には朝の3時に着いた。

ホテルまではタクシーで10分程度。街中は街灯やネオンでキラキラとしていたけれど、私たちのリーズナブルなホテルは開発途中のエリアに位置し、店も住宅もなく真っ暗だった。寝不足でチェックインして部屋に直行してカーテンを閉め切って朝寝を貪り、起きたらドバイだった。

ホテルの小さい窓に近づくと、エアコンをつけているというのにその窓ガラス越しに熱気が伝わってきてここは欧州とは違うぞ、と体が感じ取る。部屋の天井に礼拝用の方向を指した矢印がシールで貼られている。ホテルのロビーから出て提携の隣のホテルのプールに行こうとすると、植え込みに赤や紫をはじめとした鮮やかな花が咲いている。12月なのに。フィンランドではすべての植物が色を失っている、日本でもここまで鮮やかな花は咲いていないというのに。

敷地内はそうやって飾り立てられているけれど、高い塀の向こうに首を伸ばして見れば開発途中の空き地、すなわち砂漠が広がっており、その上を重機が動き回っている。きっとそのうち背の高いホテルやマンションがぼこぼこと建つのだろう。

ホテルのプールに行ったら行ったで、入ってきた客にタオルを渡すだけの係の人がいる。入り口で宿泊客を確認するのとは別に、だ。プールサイドでしばらく観察してみたけれど、どうやらその彼は本当にタオルを渡すだけのためにポロシャツの制服を着込みそこに立っているらしい。

何かが少しずつ自分たちの知っている日常とは違っていて、それをおもしろがったり感心したりで初日は忙しかった。

しかし自分たちの知っている存在もホテル内にしっかりといた。プールでくつろいでいると、鼻の上から抜けるような独特の話し方が耳に飛び込んできた。フィンランド語だ。

12月に日差しを浴びたいという願望はフィンランド国民共通の願いのようなのでなんら不思議はないのだけれど、夫はその程よくお酒が入った男性フィンランド人観光客グループに気づくとすかさず「ここからは英語で話すように」と私に念を押した。同じ国民と思われるのが嫌なのだそうだ。

次回は、旅先でフィンランド人に会ったらどうするか、を掘り下げたいと思う。

なぜか旅先のフィンランド人は酔っ払っている

旅先で異国情緒に浸っている最中に母国の言葉が聞こえてきたらどうするか。

フィンランド人の夫の場合。

「ここからは英語のみで話すように」

急にビーチサイドのパラソルに隠れるようにして小声で私に忠告してきた。

普段の夫婦間の会話は英語だけれど、感嘆詞や名詞などフィンランド語を挟んでしまうときがある。それを用心してまで自分がフィンランド人であることを知られたくないらしい。

え、別にいいじゃん。同じく日を浴びに冬のフィンランドから逃避してきた同志でしょ、と私は少しあきれる。

しかし夫の気持ちはいささか複雑で、旅好きな分、自分がその中でもあまりメジャーでない地に行くアドベンチャラーだと自負しており、他のフィンランド人と行き先がかぶってしまった自分を恥じている、そういうことらしい。

さらに旅先で会うフィンランド人はたいてい、と言っては気の毒だけど、酔っ払っている。たいていどこの国でも物価高のフィンランドより安く飲めるため、飲むためにわざわざ飛行機に乗って来ているのかと見紛うような人々も、多く見かける。だから他人のふりならぬ他国民のふりをしたくなるようなのも、よくわかる。

ドバイのホテルで初日に見かけたフィンランド人男性グループも、ほんのり酔っていた。

30代前後の4名ほど、元同級生の集いなのか誰かの離婚記念旅行なのか少年のような無邪気な顔をして、12月の真夏日に誘われた楽しげな様子でプールではしゃいでいた。ここは一応イスラム教の国で飲酒は禁止されている。それなのにお酒が入っているのはどういうことか。

ホテルのレストランでは安くはないが一応観光客向けという名目でお酒が提供される。でもケチもとい堅実なフィンランド人が大盤振る舞いをするとは思わない。きっと来る途中の飛行機の中で飲みまくったか、空港で調達してきたのだろう。

前日降り立ったドバイ空港では、到着ゲートにも拘わらず免税店があってアルコール類が比較的良心的な値段で売られていた。一人当たりの持ち込み量に制限はあるが路上で飲んだり見せびらかしたりしない限り、旅行者がこっそりホテルの部屋で飲む分には問題ないという。厳しいと聞いていたイスラム教の戒律にも抜け道はあるのだ。

またその数日後にオマーンでマスカット市内の高級ホテルに立ち寄った際、斜面に立つホテルの半地下部分にアジトのような木製の扉とパブの看板を見つけた。興味本位で足を踏み入れてみると、インテリアはブリティッシュパブとなんら変わらずビアタップの並ぶバーカウンターに、大画面テレビではどこかの国で行われているサッカーの試合中継が流れ、ここは欧州のどこかと錯覚できなくもなかったけれど、そこの場を埋め尽くしているのは民族衣装ディスターシャ、白いローブのような装束に身を包んだ男性たちだったのだ。

その、イスラム教徒は飲酒しないという刷り込みと自分が目にしている光景のギャップに混乱した。

えっとここ、飲酒禁止の国じゃなかったっけ。それとも石油王が集う午後のお茶会でも開かれているのかと彼らの手元を見てみるとそこにあるのはどう見てもビールやウィスキー。もちろんイスラム教徒だけじゃなくビジネスで来たと思われるアジア人や欧州人も交じっていた。

夫はビールを注文し、私はコーラか何かを飲んだ。違法ではないけれど、先に立ち寄ったホテルロビーの黒を基調にしたインテリアの落ち着きとこの半地下のパブの差異が、私を落ち着かない気持ちにさせた。こういうとき下戸は困る。いや困らないか。万が一アルコールの取り締まりが入っても私は捕まらないはず。などとぐるぐる考えていた。

話は戻ってドバイ。

ドバイ市内では、珍しく普通の観光をした。というかドバイは観光以外にやることがない。いつもはアウトドアだの海外の友人の家の近所を散策するだの劇場に足を運ぶだの王道以外の海外旅行ばかりしているのだけれど、このときばかりはガイドブックに載っているような観光地を回った。

世界一高いタワーの展望台。屋内スキー場や水族館を抱えた丸一日あっても回り足りないようなショッピングセンター。モノレール。遺産地区。その合間にビーチやホテルのプールで泳ぐ日々。おなかがすけば適当なレストランに入って中東料理を堪能。

つまらない。こうやって書き連ねると自分らしくなくて退屈な旅に思える。

本当はドバイは砂漠の中にあるので、砂漠サファリだのラクダに乗るだのというアクティビティもあるのだけれど、それらに一切参加できない身だったのでおとなしく市内観光するに留まった。

しかし当時は毎月のように訪れる夫とのハードスケジュール気味な旅行三昧人生に疲れ気味だったので、本当に太陽光を浴びるためだけの旅行がどんなにありがたいかかみしめていた。

12月でも最高気温は25度前後。快晴続き。湿度は砂漠なので言うまでもなく低い。街中を歩いていると汗ばむけれど歩き回る機会もそうそうなく、いつでもエアコンの利いたホテルやショッピングモールに逃げ込める。というか外歩きをするチャンスが奪われて運動不足気味だった。

驚いたのは一度、とあるショッピングモールから2、3㎞ほどのビーチに行こうとしたときのことだ。

いつもならそのぐらい歩くのだけれど、グーグルマップで検索してもタクシーかモノレールに乗れ、としか出ない。市内の道路は交通量があまりにも多く車中心、歩行者向けに設計されていないのだ。歩道があっても横断歩道がなかったり、ということも多々。モール内のインフォメーションで一応聞いてみるとモノレールを乗り継いでたった３㎞ほどの距離を30分以上かけていくか、運転の荒いタクシーに乗るしかないという。案内してくれたアイメイクばっちりのお姉さんは、なぜ私たち、特に西洋人の夫がシンプルにタクシーを使わないか不思議がっている様子だった。あなたたちには高くないでしょう、と。

私たちはいつも貧乏旅行ばかりなのでたとえ安価でも日中タクシーに乗るという習慣がなく、なおかつ運転の荒さを噂に聞いていたので、結局このときは街中を迂回するようにモノレールに乗って行った。つくづくお金のある人用に作られている街なのだなと思い知らされた。

タクシーといえば、このあと行ったオマーンで、うっかりぼったくりにあいそうになったこともある。この話もまたいつか。

コロナがどうしたバルト３国

コロナ禍でも旅行するのは馬鹿ぐらいだろう。そう思っていた。

しかしコロナ元年の夏、休暇を持て余した夫がフィンランド内におとなしくとどまっているはずがなかった。日々感染者マップの世界版と航空会社の運航マップを見比べている。

実は春先、コロナがあっという間に欧州に押し寄せてきた3月にも、フィンランド人がよく行くアフリカ大陸の横のカナリア諸島に家族旅行に行く予定が入っていた。私にとっては初のアフリカ圏、子供も薄着で過ごせるということで数ヶ月前から準備して楽しみにしていたのだけれど、すべてキャンセルすることとなってその航空券代金もまだ返金してもらえていない状況だった。

そこへ来てまた旅行。しかし、夫のプレゼンテーションを聞いてみるとそう悪い話でもない。

日々変わる感染状況はこの時点ではフィンランドより近隣諸国の方がましだった。フィンランドからの入国も制限しておらず、もしかしてこれ、国内にいるよりも安全なのでは、と気付き始めた。

問題は移動手段だ。飛行機は換気がされているのでむしろその辺のカフェより安心、と聞いてはいたもののやはり怖い。電車もだ。

そこで白羽の矢が立ったのが、ヘルシンキ港から出ているフェリーだった。

私たち一家はバルト3国にキャンプに行くことに決めた。

からくりはこうである。自家用車にテントその他荷物一式を積んでヘルシンキからエストニアのタリンへ渡る船に乗り込む。本来は2、3時間で着くのだけれど、わざと夜に出る便を選んだ。この夜便はこうやって説明するとおかしいのだけれど、夜のうちにタリンに船が着いているというのに停泊し客は外に出られない。朝になってターミナルが開くとようやく解放されるという仕組みなのだ。

では夜中どうしているかというと2段ベッドが2台入ったキャビンで寝るのである。トイレ・シャワー完備。

レストランは避けたいので食料も持ち込んだ。車をフェリーに入れたらキャビンまで直行、他の客とも会わないようにしあとは朝までキャビンで過ごすだけだ。

　こうして翌朝にはタリンの街を車で走り抜けていた。

　エストニアの次はラトビアもびゅんと飛ばし、途中休憩をはさんで6時間ほど。夕方にはリトアニアに入り、国境近くの城下町の民泊に泊まった。


　リトアニアには日本から観光に来たことがある。それをフィンランドで言うと驚かれたことが何度かあった。え、何しに？　と。知り合いのリトアニア人にも同様に驚かれたから、みんな何もないと思っているのだろうか。

　フィンランド人はエストニアにはとてもよく行く。すべてにおいて物価が低いので飲んだくれに行き、スパに行き、全身トリートメントやネイルケア、ヘアサロン、中にはレーシックなどの施術までエストニアでする人もいる。

　エストニアの南に位置するラトビアにも旅行する人は一定数いる。直行便が出ているし、少し前の経済が潤っていた時代に会社の研修やパーティーを首都のリガで、というケースも多かった。またラトビアの北、バルト海に位置するユールマラビーチは全長32・8㎞の砂浜が広がり、フィンランドのみならず北欧やロシアからも毎年多くの観光客が訪れている。

しかし更にその南のリトアニアとなると、フィンランド人の中でも訪れたことのある人は比較的少ない。エストニア・ラトビアほど気軽に行ける距離ではないし、それならヘルシンキからロンドンなりベルリンなりに直行で飛んだ方が都会だし、となるのかもしれない。

車でバルト3国を旅すると確かに、南下するに従って街並みや住宅の様子が変わっていくのが手に取るようにわかり、リトアニアはまったくの異国だった。

エストニアのタリンや途中の保養所として有名な町は一角にパステルカラーの木造建築が保存され、フィンランドでもよく見られる風景に似ている。エストニアとラトビアの国境に差し掛かる頃には、森の様子も白樺ではなくから松などの針葉樹ばかり、そういえばフィンランドの南部では至る所で見られる岩山もなく土地はあくまでも平坦だ。そしてやがてコウノトリが道路わきの電柱の上に巣くっているのを頻繁に見かけるようになると気付けばラトビアに入っている。国境でのパスポートチェックはEUなのでない。

食料調達のためスーパーに寄れば、エストニアの食卓でもしょっちゅう並ぶポテトサラダやマカロニサラダ（マヨネーズたっぷりに見えてクワルク、フィンランド語でラハカ、というサワークリームに似た乳製品で和えている）のようなサラダのバリエーションがラトビアでは増え、併せてデリで売られているパンはライムギなどの黒いパンよりもほうれん草やチーズが入ったパイが棚のほとんどを占めるようになる。カロリーが高そうで恐れ多いのだけれど、街ゆく人を見てもフィンランドほどオーバーサイズに肥えた人はそんなに見つからないので不思議である。

そしてリトアニアに入るともうデリコーナーに売られているものの内容はほとんどわからなくなる。

コロッケだと思って買った丸いボール状のフライがハーブを練りこんだバターを包み込んだチキンカツレツだったり、英語を話さない店員さんとなんとかジェスチャー付きでコミュニケーションを取って肉か魚か教えてもらって魚の揚げ物を買ってみたり。パンコーナーでは餃子によく似た形のリトアニア名物ミートパイが売られている。

ちなみにロシア、フィンランドから中央ヨーロッパまでミートパイはあるけれど、私はこのリトアニアのが一番おいしいと思っている。フィンランドやロシアのものはカレーパンのように揚げていて重たいし、ひき肉に米を混ぜて割り増ししているチート感が許せない。それに比べてリトアニアのミートパイ・キビナイの餡はひき肉と玉ねぎだけ、胡椒が利いていて生地も揚げるのではなく焼いたもので胃もたれせずに肉がおなかにしっかりたまる。

同じ欧州の、同じくロシアに占領された歴史を持つ国のミートパイでもこうも違うのかと感心した。

加えて人の見た目も実はリトアニアまで来るとかなり変わり、フィンランドやエストニアほど色素も薄くなく、髪も黒かダークブラウン、長身を見かけることも減る。ガイドブックやツアー旅行の日程ではバルト3国とフィンランド、などと一緒くたにされがちだけれど、ここはまったく違う国だ。英語も通じにくくなるので、なるほど、フィンランド人がなかなか来ないのにも頷ける。

そんなリトアニアでは湖のほとりのキャンプ場で数泊、各地の城をめぐったりトレッキングをしたりして過ごした。感染症がはやってからキャンプの需要が増えたとは言うけど確かにキャンプは他の人と交流せずに楽しめる最高のレジャーである。キャンプ場の端っこにテントを構えれば子連れでもホテルほど気を使うことがないし子供たちも走り回れて大満足の旅となった。

その後ラトビアに移り、そのうち子連れ旅行恒例の子供が風邪をひく事態が発生したので、予定を切り上げて帰ってきた。フェリーの日程変更も飛行機に比べるとかなりスムーズで変更料金なしにでき、車旅行でのメリットを実感した旅であった。そして懲りずにまた一ヶ月後、今度はラトビアを中心に回るキャンプ旅をしに戻り、旅の後半に台風が近づいてきたのでやはり予定変更をしてフィンランドに帰った。こういうフットワークの軽い旅こそこれからどんどん増やしていきたい。

ストックホルムに行くんだかフェリー乗りに行くんだか

さて、エストニアにはしょっちゅう行くと書いたが西隣の国スウェーデンもしかりで、我が家の場合特に、平均して1年に2、3回はストックホルムに行っている。そうさせるのはやはり船だ。ヘルシンキ港からストックホルムまで、もしくはフィンランド西海岸の街トゥルクからストックホルムまで船が出ており、その運航スケジュールが海外に行くというハードルを下げているのである。

船は夕方17時頃に港を出発する。夜便なのでキャビンはあらかじめ予約内容に組み込まれ、船室で寝ているうちに朝8時にはストックホルムへ着いているという仕組みだ。そして一日観光して、夕方に出る船でまた戻って船で一泊、翌朝にはフィンランドに戻ってこられる。

同じように東隣の国ロシアのサンクトペテルブルクにも、夕方出て朝に着くというフェリーがありビザなしで数日観光ができる。しかしスウェーデンに行く機会の方が圧倒的に多いのはどうしてだろう。

スウェーデンは異国ながら文化が似ている。通貨こそ違えどカード社会なので現金両替の必要はほぼないし、ベビーカー連れでもフィンランド同様心配することがない。英語だって通じる。また港から旧市街まで、もしくはその他観光施設までアクセスも良いので一日で回りやすい。

義父はとっくにリタイアした高齢者ながら杖をついて、または最近は電動カートを乗り回して、隙あらばストックホルムに出向いている。その頻度も2ヶ月に一度ほどとあまりにも高いので船員にもすっかり顔を覚えられ持ち前のチャーミングさで友達になり、よく無料乗船券や割引券をもらってきた。それが我が家にも回ってきて、せっかくだから今度の週末ストックホルムに行こうか、となることが多かったのである。あ、今週末そういえば空いてた、ストックホルムでも行く？　という具合に。

頻繁に行くので観光も急がない。今回はこの美術館に行こうか、今回はこのエリアでお昼でもしようか、という風に近所を散策するように楽しんでいる。

義父の場合はコンサートに出向くことも多く、ヘルシンキまでは来てくれない世界的なアーティストの演奏を聴きに行ったり、現地にいる友人とお茶を飲んだりしているようである。義父にとってキャビンのついている船旅はもっとも自由に体を伸ばして休める最高の移動手段である。

また義父自身も親として、夫やその兄弟が幼い頃にしょっちゅうストックホルムに家族旅行に出かけており、フェリーの中のキッズルームにあるボールプールで遊ぶのが子供たちのハイライトだったのだそうだ。よって我が家の子供たちが歩き始めるかどうかの年齢に達すると義父は目を光らせ「そろそろボールプールに行けるな」とまるで家族の伝統行事のようにフェリーに出向いたものである。

また多くのフィンランド人たちにとってフェリーでのハイライトは何といってもディナービュッフェだ。食事の内容は大衆的な料理なのだけれど、フィンランド国内では禁止されているアルコール類の飲み放題がそこにはあり、白ワイン赤ワインを飲めるだけ飲んで酩酊している美しくない類の船客もいるのは確かだ。

一方、大型フェリーに乗るのが贅沢であった頃の名残で、船の中には一定数着飾った年配者がいる。ドレスアップしたり上着を着たりして、彼らはバーの横にあるダンスフロアに向かいおもむろに踊り出す。

エストニア行きのフェリーも同様だけれど、船内では様々なイベントが開かれている。ピアノや歌などの生演奏コンサート、マジシャンによるマジックショーやバルーンアート配り、クイズ大会にビンゴ大会、デッキでのセグウェイ試乗会に参加したこともある。もちろん免税店もある。それらはどこかチープなのが常なのだけれど、それも含めて旅情を掻き立てるのがフェリー旅なのだ。

義父とともにストックホルム行きのフェリーに乗り、夫も交じえてまだ幼い子供をボールプールに連れて行ったときは、ボールプールなんてどこにでもあるとは知りつつもやはり安堵感と達成感を覚えずにはいられなかった。義父がこれを見ることができてよかった、と。

ちなみに一見家族3代旅行のように見えて、そのあとストックホルムでは義父とはあっさり別行動したのでやはりこの家にとってはフェリーの方が重要なのだと言える。

キャンプ飯はスコットランドに限る

今年のフィンランドの夏は奇跡的に良い気候が続いており連日25度超え、もちろん夜も10時ぐらいまでは明るい。平日だって仕事を終えたら海や湖やプールに直行して泳いだりピクニックしたりしているからずっと外に出っぱなし、東京ではインドア派だった私の生活もフィンランドに来てだいぶアウトドア愛好家みたくなってきた。

そして今年初めてじっくりと、毎週のようにフィンランド国内をキャンプしてみて気付いたことがある。

夏にキャンプをするなら、ここフィンランドが最高の場所ではないか、と。

スコットランドは8月で寒かったり暑かったりした。その次の年に行ったドイツ2週間キャンプ旅は猛暑に襲われ雨も降った。帰りに寄ったイタリアのキャンプ場は他国に比べて割高でトイレットペーパーなどは持参必須。ウェールズは雨続きでテントの中に小川が生まれたほど。日本は……場所が悪かったのだけれど大嫌いな虫が大量に出て怖い思いをした。

そもそも年間降水量は東京の１５００㎜、スコットランドハイランド地方の３０００㎜に比べてフィンランドで５００〜６００㎜、しかもその半分近くは雪と圧倒的に少ない。夏場に降っても一日中降り続くことは稀で小雨が来てさっと乾いてしまうのが大半だ。空気も乾燥しているので虫はいるにはいるが蚊や蜂、蟻程度。日本ほど大きいのがうじゃうじゃとはしていないのだ。

というわけでスコットランドの旅を振り返るたびに、あんなに無理してフィンランドより寒い夏を探しに行かなくてもよかったなぁ、若かったなぁとしみじみしてしまう。

ただしスコットランドやＵＫでのキャンプ生活でよかったなぁと思うのは、キャンプ飯だ。要はインスタント食品。

ＵＫの大型スーパーでは缶入りの食品が充実している。国民食のベイクドビーンズはもちろん、カレー数種類、チリコンカン、羊肉の煮込みなど日本ならレトルトパウチで売られていそうなものが多い。それにパウチに入っていて温めるだけの米やパスタなんかもあるから調理時間は短く、キャンプにはうってつけである。冷凍食品も充実していて、魚のフライにフライドポテトとグリーンピースやコーンが付いたミールセット（要はフィッシュアンドチップス）を始めとしてずらりと並んでいる。そういえば昔イングランドの南でホームステイしていたときも、フルタイムで働いていたホストマザーがこういう冷凍ミールセットを温めて出してくれることが多かった。

対してフィンランドのインスタント食品は味気ない。冷凍食品はピザばかりだし、第一キャンプ場にいつ到着できるかわからない状況で冷蔵冷凍食品は不向きだ。『やっぱりかわいくないフィンランド』にも書いたエンドウ豆のスープ、サーモンスープなどは温めるだけのものがあるけれど、常温保存できるパウチ食品や缶入り食品というのがUKに比べると圧倒的に少なくていつもメニューに頭を悩ませてしまう。

珍しさも手伝って、スコットランド旅ではそういう食品ばかり買い込んで食べていた。

しかしテントが壊れたことによって泊まったところはB&B。ベッドアンドブレックファスト。ベッドと天井だけじゃなく朝ごはんまで付いて来ちゃう、缶詰食続きの我々には豪華すぎるところだった。

イングリッシュブレックファストといえば卵料理、トマト、ベイクドビーンズ、加工肉などがワンプレートに載ったもので有名だけれど、スコットランドにも名前をスコティッシュと変えてほぼ同じものを食べる伝統がある。

無事に風雨を凌いで久しぶりにベッドで眠り、翌朝食堂に出て行くとB&Bのマダムが「何を食べる？」とメモ帳片手に注文をとりに来た。

この注文をとる時間が、長い。どこのレストランでも、イングリッシュでもアイリッシュでもフルブレックファストは大抵はそうなのだけれど、お子様ランチのように少しずついろんなものが載ったプレートの一つ一つを要る、要らない、焼き方と焼き加減は、などと細かく注文するのである。

「ポリッジ（オートミール粥）は食べません。卵は目玉焼きの片面焼き、半熟で1つ。ベイクドビーンズは好きなのでつけてください。ベーコンとソーセージも。ソーセージは黒いのではなく白いのを。マッシュルームは大好きなんですが……え、切らしてる？　じゃあトマトを、もちろん焼いてください。トーストはサイズによりますが、あ、その大きさなら全粒粉のもので2枚ぐらいは食べます。ジャムは要りません。飲み物は紅茶をブラックティーで」

ここまですらすら注文できるようになるまでは何度かの経験が必要だった。例えば

20代の前半、南イングランドを旅していてふらっと立ち寄った街ですっかり慣れたつもりで注文したら、上記のようなメニューの他にトースターで焼いたトースト3、4枚と、更にフライパンに油を敷いて焼いたと思しきたぬき色のトーストも2枚出てきて焦ったことがある。プレートの上にはハッシュドポテトまで付いていて炭水化物祭り。完食したけども、あのトーストが何物だったのか、どう注文を間違えたのか、当時はまったくわからなかった。のちにそれはフライドブレッドと呼ばれ、ベーコンを焼いた後の油を利用してカリッと仕上げたものだと学ぶ。きっと当時の私は注文をとる店員さん相手に適当に、ブレッド？　はいはいくださいな、とでも答えていたのだろう。

また同じく20代のひとり旅で泊まったスコットランドは北西部のB&Bでは、玄関ホールに翌朝の朝食の注文書があって、要るもの要らないものに印をつけ夜の8時までに提出するようにとなっていた。部屋数のあるところではそのぐらいしないと足りないものがあったり注文に時間がかかったりして大変なのだ。

ボリュームたっぷりで労働者が昼食抜きでも働けるように作られたメニューではあるけれど、もちろん少食の人は卵とパンとソーセージだけ、なんて注文もできる。

イギリスのメシ……つまりイングランドやＵＫの食事はまずい、なんて言われることも多いけれど、このフルブレックファストはフィンランドの我が家でもよく週末に真似をして食べるし、私はパブで食べる食事も大好きだ。その話はまた別の機会に。

さて腹ごしらえも終え、実は前夜にはバスタブにも浸かり、テントもガレージで乾き、久しぶりに装備が濡れていない状態で出発をするとすっかり気分が良くなりなんでもできる気になるから不思議だ。

途中見つけた村の小さな車修理業兼なんでも屋といった風情のガレージで、壊れたテントのポールを見せてどうにか修復可能か聞いてみた。油で汚れたつなぎを着た背の高いおじさんによると残念ながら難しいとのことだったけれど、代わりに隣にあるチョコバーやウォッシャー液なんかを売っている畳３畳分ぐらいの雑貨店でダクトテープを買って応急処置はした。折れたポールの箇所は包帯よろしくテープでがっちりと固定され折りたたむことはできないけれどひとまずは使える、といったところ。小さく破れてしまったフライシートはソーイングセットと当て布で処置を施した。

その日は果敢にも壊れかけのテントで、かねてから夫が抱いていた「ワイルドキャンプがしたい」という望みを叶えることとなった。ワイルドキャンプとは、キャンプ場や知人の庭などではなく、自然の中で適切な場所を見つけてテントを張る、つまり野宿のようなものだ。

何度も言うが元インドア派、ほぼ初のキャンプ旅、しかも海外で、いきなりのこれ。野生の息遣いが聞こえてきそうな難易度で、旅はまだまだ続くのである。

ワイルドキャンプなのかホームレスなのか

ワイルドキャンプ。キャンプ場ではないところにテントを張って野宿することだ。そう、結局は野宿。もうすぐホームレス、な生活。

そのワイルドキャンプへの要望案が夫から提出されたとき、私は日本からフィンランドに移住したてだった。持ち物も東京の賃貸も手放して海を渡ってやってきて、それこそホームレス一歩手前ながらフィンランドでなんとかやっていこうという時期に、また海を渡ってスコットランド旅行。そして野宿をしようと言われる。そんなことわざわざしなくたって私の状況ほぼホームレス、とあんまりシャレにならない心境だった。

そもそも野宿なんてしてもいいものなのだろうか。

フィンランドには自然享受権といって、私有地でなければ誰でもその辺の森に入ってベリーやキノコの採取や、キャンプをしてもいいことになっている。でもそれは世界ではレアなケース。

とりあえずスコットランドでも可能かどうか聞いてみようよ、とハイランド地方の観光案内所に行って質問してみた。すると驚いたことにこの国でも、むやみに野生のものを壊したりしなければ認められているとのこと。実際に車を停めてトレッキングをして高原に入りテントを張る人もこの地方ではいるらしく、夫もまさにそういうのがしたかったんだ、と膝を打つ。

あまりにもワイルドキャンプワイルドキャンプとうるさいので、そんなにワイルドなタイプでもなかろうにと内心夫にツッコミ入れつつも反対する正当な理由も特に見つからなくて付き合うことにした。車を走らせてキャンプができそうなところを探しに行く。

どこでもいいと言われると却って難しいのがテントの設営所探しだ。

私たちのテントはそれこそトレッキングに向いた軽量小型テントで大人2人用、広い場所は必要ないのだけれど、改めてハイランド地方を歩いてみると、今まで寝泊まりしていたキャンプ場はきちんと管理されていたんだなと納得することになった。

ハイランド地方というのは比較的平坦なUKの中でも山脈の多い地域で、スコットランドの北部に位置する。山が連なり沢もあり、特に南英やフィンランドのように平坦な土地の多い国から来た人には特別に映るらしい。日本でいうと阿蘇高原に少し似ている。

そして高原であるからには土地もでこぼこしていれば、ぬかるみもある。山を背景にひらけた土地は車の通る道から丸見えで防犯的に怖いし、何も考えずにテントを張ればトレッキングコースや牛の散歩道のすぐ横だったなんてことにもなりかねない。第一トイレのことを考えると多少茂みがあった方がいい。テントで寝るからには平らでなおかつペグが刺せる硬さの地面も必要だ、と意外にも要求が多い。なるほど、キャンプ場は数十ユーロ取るだけのことはある。

それでもどうにか良さそうな場所を見つけてテントの設営を始めたときには、夜7時を回ろうとしていた。近くに沢があり、牧場はなく、ちょっとした丘というか尾根に囲まれていてプライバシーも守られる。とりあえず牛や羊に囲まれる恐れはなさそうだ。壊れかけのテントを慎重に張り、沢の音を背景に夕飯のしたくに取りかかっていると、周囲のキャンパーが立てる音がいつも聞こえるキャンプ場とは違って、自然の中に取り残された気がした。少し怖くなる。耳が普段の10倍ぐらい研ぎ澄まされて水音以外を拾おうとする。夫は少し遠くに停めた車に荷物を取りに行っていない。

ポータブルストーブのガスの元栓を開け、ガスがシューっと流れる音。擦ったマッチを近づけて起こる点火音。水の入ったアルミニウム製の鍋をかけて生じる自然とは正反対の金属音。街から運んできた水が沸騰するのをぼーっと待っていると、尾根の上に雌鹿が現れた。

道中、牛や羊はたくさん見てきた。しかし、鹿。間違いなく野生のものである。夕焼けで薄桃色に染まったうろこ雲を背負ってその雌鹿はじっとこっちを見下ろしていた。数秒。黒いつぶらな目は動かないのに、耳をせわしなく、小刻みに動かしている。突然行動範囲に現れた人間が気になるのだろう。あ、私と一緒だ、と仲間になった気がした。

やがて細い脚で地面を力強く蹴って尾根を渡るように駆けることたった数歩、鹿は行ってしまった。見えなくなるとようやく自分がドキドキしているのに気がつく。野生動物なんて何年振りに遭遇したんだろう。いきなりワイルドワールドの仲間入りだ。

そのうち戻ってきた夫に大自慢した。

しかし暗くなるとまた、周りの音が気になって仕方なかった。

そもそも沢のたてる音が危険な音も掻き消してしまうのではないかと心配で、寝付こうとしてもなかなか寝付けずにいた。キャンプ初心者の私だけでなく夫も同じで、これが映画なら誰もいない大自然の中で星も綺麗でキャンプ最高、と締められるのだろうけど、ここはスコットランド、夜が更けるとお決まりの雨も降り出した。併せて昆虫だろうか。蛙だろうか。それとももっと大きい生き物だろうか。雨音に混じりテントのすぐ外で、芝生を踏みしめているかのような、さく、しと、という音も聞こえてくる。

観光案内所で事前に聞いておいたところによるとこの辺には熊などの危険な野生動物はいない、とのことだった。しかしこの音がなんとも不気味で、虫類は中に入ってこられない構造のテントとはいえ虫嫌いの私には恐怖でしかなかった。ただの雨音だろうか。そうだといい。でもそうじゃないとしたら。

考え出すと止まらず雨で冷えてきたのもあって、よく眠れないまま夫婦揃って早朝に車に戻り仮眠をとり、それから雨が止んだタイミングでテントを畳んでワイルドキャンプ体験は終了。結局成功したのかどうか、ワイルドキャンプの醍醐味がなんなのか一晩ではわからずじまい。私は鹿が見られたからいいかぐらいのもので、安心感を考えるとやっぱりキャンプ場がいい。

私たちは地球に投げ出された2人の異邦人

短刀を下げるように、私は壊れたテントの骨を束にして左脇に抱えている。右肩に下げているのは革のハンドバッグ。キャンプ向きのバッグを持っていなかったので、アウトドアジャケットの上にそれらを合わせた珍妙なスタイルで、道場破りよろしく大股でずんずん店の中を進んでいく。

場所はスコットランド・インヴァネス。ハイランド地方の入り口となる街には大きな鉄道駅もあり、そこからネッシーで有名なネス湖やスカイ島などへバスツアーが出ている。よって街中も夏になると観光客で賑わう。この街へは昔ひとり旅で来て数泊し、とても良い時間を過ごさせてもらったことがある。その時の話はまたいつかするとして。

今は夫と2人旅の最中だけれど、私は車を降りて1人で街中のアウトドアショップに来ていた。テントの骨を修理する部品を手に入れるためだ。駅からも遠くない中心街にあり、駐車場が見つからなかったので渋々私が1人で出向くことになったけれど、実は心細かった。

なんせ私、キャンプの初心者なのだ。本当に修理部品が売られているのかわからないし、そもそも手持ちの部品がどうして合わなかったのかもわかっていないし、そんなことを店で相談できるのかどうかもわからない。この店へは最寄りのアウトドアショップをネットで探して、田舎町から車で1時間以上かけて来た。来てみたらよく知っている街のよく知っている通りにそれはあったのだけれど、だからと言っていきなりキャンプ道具に詳しくなれるわけではない。

どうしたものかととりあえず部品など細かいものが売られていそうな棚に近づく。8月に入ってアウトドアのハイシーズンのはずなのに、どういうわけだか店内は空いていた。客は私以外に1人、レジで店員さんと話している。

棚にテントの修理部品もあった。筒状で、それは手持ちのものと変わらないように見えた。値段は数ユーロ。とりあえず買ってまた直してみようか。

私はその頃、見知らぬ他人に何かを聞く、問い合わせるというのが極端に苦手だった。問い合わせというものは人の手を煩わせる前に自分で調べて調べて調べ尽くしてそれでもわからなかったときの奥の手、ぐらいに思っていたのである。じゃないとただのできないやつ、と。

ただし結婚した相手はどういうわけだか、その正反対だった。すぐに聞く。問い合わせる。インフォメーションカウンターなら列に並ぶ。遠隔なら通話代が多少かかろうとも電話をかける。理由はその方が早いから。素人が無駄な時間をかける方が間違っていると言わんばかりにばんばんお問い合わせしまくるので、最初はたじろいだ。そして私にもちょっと聞いて来なよと言うので、重い腰がなかなか上がらずに小さな諍いが起きたことも多々。

このときも渋々とやって来たものの、本当は店員さんに声をかけたくなくて棚の間をうろうろしていた。そのうちに夫がやって来てどうにかしてくれるだろう、と。

しかし夫より店員さんの方が早かった。丸メガネをかけて細身の、文系インテリといった雰囲気の男性が私に声をかけて来た。私が求めているものは一目瞭然である、片手に壊れたテントのポールを握りしめているのだから。

仕方なしに「実は暴風雨でテントのこれが壊れまして……」と会話を始める。テントを壊してしまったことがなんとなく初心者みたいで恥ずかしく、さらに自力で直せないのが情けなかった。ただ相手があまりアウトドアをしそうにないタイプだったことに少し背中を押された。見た目で判断するなんて失礼極まりないけれど、インドア派っぽいこの人ならわかってくれそうな気がする……！

案の定店員さんは馬鹿にするでもなく私の、というよりドイツ製優秀テントが経験した惨事に同情してくれ、しかし店の棚にある部品ではサイズが異なり直せないのだと教えてくれた。ポールにぴったり合う補修部品が必要なのだそうだ。まあ、人生ってそういうものだよね、と私が諦めて肩を落とすと彼は少し考え込んだ後、「ちょっとこっち来て」と歩き出した。付いていくと店のバックヤードだった。

そこはちょっとした作業場になっており、大きな木製の机、簡易椅子がありＤＩＹ室のようだった。店員さんはどこかから紙箱を出して来て中をかちゃかちゃと探った。そこにはあの筒状のテントの補修部品がいくつも、サイズ違いで入っていたのだ。それからテントポールそのものもいくつか。きっとテントを購入したときの付属品やメーカーからやってくるサンプルなのだろう。

私にはほとんど全部が同じに見えるそのセレクションの中から、彼はメガネの奥で目を細めて魔法のように一本をつまみ上げた。

それは補修用のものではなくテントのポールだった。テントのポールというのは通常30～40㎝ほどの細いパイプ状のものが何本もゴム素材の紐を通して繋がれている。よって壊れたといってもその箇所のみを交換すればいいのだという。私はもちろん夫もその修理方法を知らなかったし、その部品はテントのモデルによって違うのでなかなか見つからないというのに、アウトドアショップの店員さんはさすが、細く頼りなく見えていた手であっという間に修理に取り掛かった。

作業が終わり、その手際の良さと部品が偶然バックヤードにあった奇跡とまたテントで安心して眠れるという事実に感動して私が少しオーバーリアクション気味にお礼を伝えると、寡黙に手を動かしていた店員さんは照れながらも直し方のレクチャーまでしてくれた。それが終わった頃、夫がようやく店内にやって来た。

夫も私と同じく部品が手品みたいに入れ替わったポールを見て感動した。まあ何かにつけて目をキラキラさせる類の人なので私は見慣れているのだけれど、店員さんには眩しかったのか、「いくらお支払いすればいいですか？」と聞いた夫に「いや、お代はいいよ」と少し身を引いて答えていた。それにしても優しすぎる。私なら端材を使ったとしても10ユーロは取るだろう。夫婦で丁寧にお礼を言って店を出た。お礼に何か買おうかとも思ったけれど、特に必要なものもなく。旅をする中でこうやって人に助けられることは意外にも多い。

それからも何度も、それこそもう数えきれないぐらい、夫とフィンランドの外に出ては旅を重ねて来たけれど、準備や言葉や文化の壁が面倒くさいながらもどうして旅は心地よいのか、どうして懲りもせず何度も出かけていくのか考えてみたら、異国は私と夫を平等にしているのだ、とあるとき気付いた。

フィンランドでは私は完全なる外国人だ。最初の頃は現地語もさっぱりできなかった。

日本では夫が外国人だ。注目も浴びるし日本の人はみんな大抵優しくしてくれるのだけれど、私はそれを揶揄して外国人接待と家庭内で呼んでいる。対等に扱ってもらえてないんじゃないの、と。

それにつけて外国、つまり日本とフィンランドの外では、私たち2人が異邦人となる。お互いの母国では頼り頼られている関係がフラットになり、その土地の言葉に一緒に右往左往し、その土地の習慣に2人並んでガツンと頭を殴られたり感動させられたりする。不便なことがあってもこりゃあいい。そんなわけで、これを書いている今も目の前に旅行鞄が広げられているのである。

オマーンでとことん怪しまれる

ドバイに数日滞在して12月でありながら太陽光をたっぷり浴びた後は、オマーンに移動した。

ドバイとオマーンの首都マスカット間は車で5時間ほどの距離だ。バスだとビザの確認やらなんやらで6時間強。日本でも新宿、仙台間の高速バスがそのぐらいかかるから気軽に行けるっちゃ行ける。お値段も往復で3千円程度と旅人に優しい設定。しかし他国に移動するというのを決して忘れてはならない。

私たちが乗ったバスは早朝、まだ辺りが暗いうちにドバイを出た。中心街のような見上げれば体がひっくり返りそうになるほどの高層ビルはなく低い雑居ビルが並ぶエリアで、バスの運行会社の事務所にだけ煌々と蛍光灯が灯っている。周囲の暗さ、その建物の古さもあって大丈夫かいなと心配にはなったけれど、ほぼ満席で走り出したバスはやがて街を抜け朝日を浴び、黄色い砂漠の中の道を順調に進んでいった。

日本の高速バスと違うのは国境でのパスポートチェックだ。陸路で国境をまたぐのはこれまでも欧州で何度も経験してきたけれど、ＵＡＥ、オマーン間のそれは物々しい。

道路が2国間の国境を3度越える形で進んでいるので国境チェックは2度入る。

1度目はまず、停車したバスに警察官が乗り込んで来てパスポートをチェックする。まさかパスポートを忘れる人はいないと思うけれど、書類に不備があったか何かで1人降ろされていた。それが私の前の席の人だったので自分は大丈夫かとびくびくする。

結婚前にひとり旅をしていたときは欧州がメインだったのでこういった心配はなかった。日本人が相手だと係員のチェックも緩くなるし警戒されるということはまずない。しかし中東はなんだか違う。ＵＡＥなんて観光客もわんさかいるだろうに、じろじろ見られる。どうやら西洋人の夫と旅していることが、怪しまれる原因となっているようなのだ。

空港の入国手続き。両替所の男性。道端で行き合っただけの人。いくらこちらが穏やかににこやかに応対しようと、刺すような視線を感じることがしばしばあった。

中東に住んでいたことのある友人によるとそれは、人種差別の一種なのだそうだ。西洋人がなぜわざわざアジア人と？　結婚しているならなぜパスポートは同じ色でないのだろう、と。夫を見た後、私を上から下までじっくり観察する人もいた。メイドにも娼婦にも見えないこの女はなんだろう、とでもいぶかしがっているのだろう。

よってバスの中のパスポートチェックでも私は若干緊張していた。なんらかの理由で夫だけが通って私が通らないということもあり得る。そうなると私だけこのバスから放り出されるのだろうか。黒い口ひげ顎ひげをたくわえた高圧的な警官が大きな黒い目でぎょろりと私を見てこちらに来る。

と、そのときバスの後方から幼い男の子の声がした。

「おまわりさーん！　だーいすき！」

制服を着た係員がはたして警察なのか軍人なのか実際のところ私には区別がつかなかったけれど、振り向くとお母さんに連れられた5歳ぐらいの男の子がどうやらおまわりさんという職業のファンで、その情熱を伝えたいらしかった。

拙い英語で、ポリス、アイラブユー、と繰り返しているそのかわいい声にバス中が和んだ。それまで険しい顔をしていたひげポリスも頬を若干緩ませている。

そして私のパスポートチェックは、ちらっと見ただけであっさり終わった。安堵とその男の子への感謝を込めて私はまだ目立たないお腹を無意識に撫でていた。

バスはオマーンに入ったかと思うとすぐにまたいったんＵＡＥ領に入り、再度オマーンへ入国した。この際に乗客全員、荷物と共に降ろされ、路上で荷物検査を受ける。

なんのための荷物検査かといえば、薬物検査だ。見つかれば死刑。待ち構えているのは制服警官なんてかわいいものじゃなく大きな銃を肩から下げた軍人だ。そんな間近で武器を見るのは初めてだったし、隣には麻薬の匂いを嗅ぎ分ける大型犬もいる。

その物々しい人たちが、Ｘ線検査ののち屋外に置かれた長テーブルで一つ一つ荷物を開ける際、自分のものなら「それ自分のです」と名乗り検査に立ち会う必要がある。バスの中でのチェックの何十倍も緊張する。麻薬なんて見たことも使ったこともないけれど、万が一、何かの手違いか犯罪に巻き込まれて荷物に紛れ込んでいたらどうしよう、などと怖いことを考え始めてしまう。そういう映画あったし、と、頭の中にヒュー・グラントとコリン・ファースがチラつき始める。いやもちろんどっち派だとかいう妄想じゃなくて。

心配性の夫は前夜のうちにドバイで、疑わしい薬、すなわちパッケージにフィンランド語しか書かれていない頭痛薬やサプリなどは捨ててきた。私もサプリ類はボトルごと家から持ってきて中身がなんなのかはっきりわかるようにしていた。

しかし女性の荷物は手荒に扱われず、化粧ポーチの中身なども確認されないまま検査は無事に終わった。まあ無事に終わってくれなきゃ今これ書けていないのだろうけど。

最後に犬が、乗客全員分の荷物をくんくんとさらっておしまい。同乗していた人たちになんのトラブルもなくみんなほっとし、それからは建物内で入国審査と再度パスポート、ビザの確認を受け、無事にオマーン入国のスタンプをもらってバスに戻った。

晴れてオマーン側に入ると、同じ砂漠続きでも急に風景が変わったかのように思えた。よく目を凝らしてみると、オマーンでは砂漠の向こうに山が見える。幹線道路沿いにポツポツと立っている商店や民家は四角く、屋根は平たく、背景の砂と同じ色をしていて今にも消えてしまいそうだったり、かと思えば飲み物の広告だろうか、元はカラフルだったんだろうなと思わせる色褪せた看板が掲げられていたりする。洗濯物も民家の屋上テラスを彩っている。

それまで滞在していたドバイは便利で都会的で、だけど街全体がアミューズメントパークのような違和感を常に抱きながら過ごしていたけれど、オマーンに入った途端その素朴な様子にほっとした。

そういえば旅行情報をインターネットで調べていたとき、オマーンの人たちは素直で親切だとか書かれていたっけ。親日家だという声もちらほら。

そんな期待をしているうちに、バスは街へと入っていく。首都マスカットの郊外、それまでの砂漠の中の道とは違って整備された幹線道路の脇にショッピングモールや雑居ビルが立ち並んでいる。乗客それぞれが便利なところで降りられるよう、マスカット市内のバス停はいくつも設けられているようだけど、事前にそんな案内はなかった。聞かされていたのはマスカットへ行く、とそれだけ。客の中には次の角で降ろしてくれ、などと運転手に言って好きなところで降りていく人もいる。

地図で現在地を確認してみると、進行方向に宿泊予定のホテルがある。バスの通り道ではなさそうだけれど、歩ける距離。

そこでバスの運転手に夫がホテル名を告げ、どのバス停で降りればいいのか聞いてみた。現地語はできないので、平易な英語で。

すると運転手は「大丈夫、そこまで連れて行くよ」と短く請け合った。きっとちょうどいいバス停が途中にあり降ろしてくれるのだろう。

しかしいくつかのバス停を過ぎてもここだという声がかからない。ここらで降りたら数ブロック歩くけどホテルへの最寄りのはず、と思っていた地域も通り過ぎる。運転手に確認しても答えは「大丈夫、大丈夫」とだけ、結局バスはターミナルに着いてしまった。英語が通じなかったのだろうか。

仕方なくバスを降りてスーツケースを受け取った私たちに運転手が、例の白い民族衣装の裾をさっと翻して、付いてこい、という。「ホテルまで送るよ」と。歩き出した先には彼の自家用車と思われる白いおんぼろの車があった。

なんて優しい人なんだろう。え、本当に？　と戸惑う私たちに彼はにっこり微笑んでいる。シフトが終わって家に帰る途中だからついでに、ということなのだろう。どうぞ、と私たちを中へ促す。

車の中で運転手は、どこから来たのか、と私たちに聞いた。お決まりの質問に私は日本人で、フィンランドに住んでいて、と例の長ったらしい答えを返す。「へえ、日本！　日本は車も電化製品も優れているよね」と話が少し弾む。フィンランドについては「フィンランド……どこ？」というよくある質問。ちなみに夫はカリフォルニアに旅行中、フィンランドから来たと言うと「それってどこの州？」と返された経験を持つ。もちろんアメリカ国内の、という意味で。フィンランドよ、すまん、日本ばかり目立ってしまって。

そうこうしているうちに車はホテルの前まで着いた。といってもオマーンでは整備された幹線道路をみんなびゅんびゅん飛ばすので、5分ほどの距離だったように思う。お礼を言って降りると運転手は私たちのスーツケースをおろし、

「じゃ、30OMR（オマーン・リアル）で」

と手のひらを差し出した。この人、お金取る気だ……！（続く）

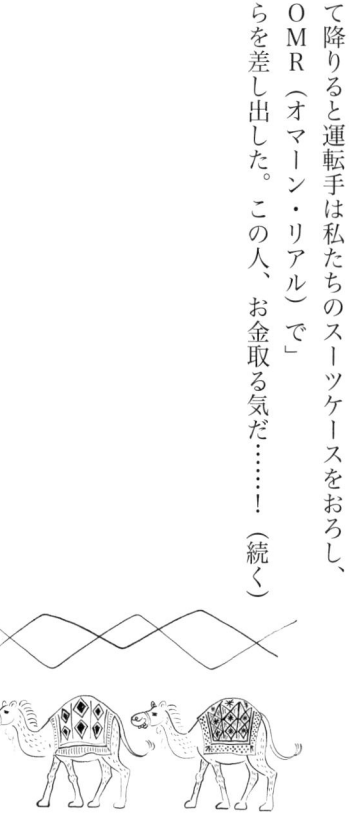

手のひらを返して、とはよく言ったもので、文字通り手のひらをこちらに向けてそれが当然であるかのように「30ＯＭＲね」と言ってきたその運転手は少し小太りで、車の中でのフレンドリーな態度を変え不遜な雰囲気を漂わせ始めた。

戸惑いよりなにより、失望の方が大きかった。親切なんて思って損した。第一お金がかかるなんて初めに一切言われていない。ちなみにその請求額30ＯＭＲは日本円にして7千円ほど。オマーンのタクシーの相場は10分程度の距離なら数百円のはず、何十倍もする。

気の弱い日本人観光客だったらここで払うのだろうか。そうやって何度も観光客をだましてきたのか。しかし私たちは目的地に着いているし荷物も受け取っている。やるなら砂漠の真ん中に連れて行くとか荷物を渡さないとかの方が効果があるのにこの人馬鹿だな、だまし慣れてないな、と私の頭の一部が冴え始める。もうちょっとお勉強してきた方がいいのでは。

「そもそもお金を取るなんて同意してないけど」

夫も私と同じ観点で抗議し始めたので黙っていることにした。普段はこういう場面でつい口を出して一言も二言も言わなきゃ気が済まないのだけれど、郷に入っては、で女は抗議しない方がいい気がした。運転手は負けじと、

「車に乗ったらお金を払う、普通」

と言い切る。ああ言い切っちゃうんだ。まあいいけど。

私には詰めの甘い運転手が勝つとは思えず、どこかおもしろくこの状況を見物し始めていた。楽観視していたのは長身の夫と中東では平均的であろう身長の運転手とでは体格差も大きく、それを抜きにしても口論でも私でさえやり込めそうだったからだ。

「いや、バスで途中で降ろしてくれればそこから歩けたし」

「バスのルートからは遠い、歩けなかっただろう」

あとで地図を確認してみるとその遠いと言われている距離は1、2㎞ほどだった。フィンランド人はそのぐらい平気で歩く。フィンランドという国の存在を知らなかった人にはわからないだろうけど。

きっとバスの中で降ろしてと頼んだ時点でいいカモだと狙われていたに違いない。これは一稼ぎできるぞ、と。

夫の反撃は続く。

「払うにしたって両替もまだでこっちのお金もないし、あんたタクシー？　じゃあ免許は？」

「お金がないならユーロでもいいよ」

そりゃこっちの人にとったら外貨のが嬉しいだろう。タクシー免許に関しては返答もない。

運転手の顔色は攻撃的というよりは雲行きが怪しくなってどこか悲しげな、被害者ぶったものに変わってきた。なんだかこっちがいじめているような絵面になっている。なんでだ。

面倒くさくなったのとあきれ返ったのと、きっと同じ心情の夫の口元にも笑いがうっすらこみあげてきたのが見えたのでお別れすることにした。12月とはいえ気温は25度を上回って、駐車場にただ突っ立っているだけでも汗ばんでくるので付き合っていられない。

やっぱり最後まで黙ってはいられず、一言だけ口を出す。

「そんなに払えっていうなら警察に電話して判断してもらおう」

これで充分だった。運転手は映画みたいに両手をあげてわかったわかったもういいよ、と降参のポーズをし、私たちは無事にホテルにチェックインした。

そもそもただの純粋な厚意で乗せてくれたなら、こっちも悪いなぁと思って心付けを渡すなり彼のバス会社を贔屓するなりしたかもしれないのに、この人は完全に損している。それとも私が日本人だと知って魔が差してちょっと請求してみたのだろうか。ダメもと請求詐欺。なんじゃそりゃ。勉強して出直してこい。日本人もだけどフィンランド人もいいカモだぞ。

私はこういう輩は大嫌いなのでバス会社や警察に通報してやろうとホテルの部屋に入ってしばらくは息巻いていたけれど、せっかくの旅行でそんなことに時間を費やしたくないと夫になだめられ、また世界中どこでも企業や警察が正義かというと、必ずしもそうではないと思い至りやめた。帰りのバスの運転手が同じでないことを祈るばかりだ。

さて、晴れてオマーン入りをしたあとは、これから何をしようと旅の計画をのんびりと立て始めた。

何を今更と驚かれるかもしれないが、世界ではこういう旅行の方が主流だったりする。日本人はかつてツアー旅行が充実していた背景もあり、この日はここに立ち寄ってこれを見てレストランはここで、などと事細かく計画し予約も完璧に済ませがちだけれど、欧州人、とりわけフィンランド人はとりあえず行く。観光したいポイントは何点かあるもののそれ以外はノープラン。なんだったら宿も全日程は事前に取らないことが多い。休暇が長いせいだろうか。

私と夫も旅行前になんとなく観光情報を眺めて訪れる場所にはいくつか目星をつけていたけれど、いつ行くのか、どうやって行くのかなどは決めておらず、よって昼過ぎにホテルにチェックインしたあとは何をするかまったく決まっていなかった。

昼食を摂っておらず、幸いにもホテルのすぐ隣にショッピングモールがあった。ドバイでのやたら巨大で室内アミューズメントパークが入っているようなものとは違って、日本のショッピングセンターと同じぐらいの規模、最上階である3階にはフードコートがあってインド料理やピザなど各国の料理が楽しめるようになっていた。イラン料理のお店があったので迷わずそこでグリルセットを頼む。ラムやチキンなど焼き鳥に似た串焼きスタイルで焼き上げたものを数種類、米と盛り合わせたもので、2人でシェアするのにちょうどよく、確か日本円にして1000円もしなかったと思う。

この旅行に出る前は比較的重いつわりを抱えており唯一のどを通ったのが和食で、味噌汁や茶漬けをすする毎日だった。旅行中の食事には一抹の不安を抱えていたのだけれど、旅に出てきた頃には週数を重ねて症状が軽くなったのと空腹時に最も酷くなるつわりとの付き合い方にも慣れたとあって、よく食べていた。もともとイギリスやフィンランドで食べる中東料理が大好きで、北欧料理よりはアジアの味に近いというのもまるで救世主のようだった。肉、米、野菜を最大限に美味しくした料理法で、毎日食べても飽きない。ドバイでは一度だけ日本にも上陸している小籠包のお店に行ったのと、ハンバーガーを食べた以外は昼夜何かしらシシケバブだのフムスだのババガヌシュだの呪文のような名前の料理を口にしていた。

腹ごしらえを済ませると、ホテルのフロントで街への行き方を訊ね観光地に出てみることにした。

フロントの、丁寧すぎてこちらが恐縮するような英語を操る初老の男性は、すぐそばにある幹線道路で乗合タクシーを拾えばいいという。たった今、偽タクシーで嫌な思いをさせられたばかりだったのでどうかとは思ったけれど、流しのタクシーよりは騙される可能性が少ないのだそうだ。

乗合タクシーというのはワゴン車のような形をして乗り降りする場所が決まっている、ミニバスのようなものである。車で10分ほどの中心街までも1人100円ほどで行けるという。逆に路線バスだと近くのバス停まで10分も歩く上、目的地までの乗り換えに失敗すると時間がかかりすぎてしまう、と告げられてしまった。この国の人は5分以上の距離を歩くことを厭うらしい。アドバイスに従って幹線道路脇に出てその乗合タクシーを待つことにした。

やるじゃん、オッマーーーーン！

オマーンの首都マスカットの、観光スポットなんてない幹線道路脇で乗合タクシーを待っている。12月のとある日。気温は27度。午後になって薄い雲が空を覆うようになり、また空気が乾燥しているのもあり、数字ほどは暑くないのが幸いだった。もっともここまで交通量が多いとそれまで滞在していたドバイ同様、大気汚染で雲なしでも青い空なんて見えそうもないけれど。

目の前をビュンビュンと車が飛ばして行く中、本当にこんなところを乗合タクシーが通るのだろうか、来たとしても見分けられるのだろうかと不安になる。乗るまでどんな形状の車かさえわからなかったので尚更だ。しかし明らかに外国人観光客である私たちの前にその車はしっかり停車してくれた。行き先を言って料金を払う。

来たのが白くておんぼろのワゴン車だったのには若干驚いたけれど、中には男性の先客が何名かいて、運転手と並んで最前列にも2人すでに乗っていたのに更に驚いた。

もちろん運転手以外に、である。そんなに詰めて乗って違法なんじゃないの、と聞くことは叶わず、しかも私にその最前列の席を譲るべく先客が移動する。

というのもUAEと並んでここはイスラムの国。女性が家族以外の男性と隣り合うことは良しとせず、更に男性は女性に席を譲らなければならないという文化がある。例えばドバイでも地下鉄やバスに乗り込むと即座に誰かが席を譲ってくれた。それも私と夫の2人分をきっちりと。もちろんそれを手放しに女性に優しい国なのね！　なんて喜ぶほど心が綺麗ではないけれど、ただの観光客の身ではありがたいには違いない。

ここでも例によって夫と私が並んで座れるように乗客や運転手が自然に動いてくれた。とはいえ、前列に3人乗れるというのも実際は2・5人分ほどのスペースである。普通サイズの運転手と、日本人女性としては普通サイズの私が乗るともうそこに夫が入れるスペースはなかった。夫の体を前列に押し込むようにして試してはみたけれど、問題は肩幅だけでなく座席をめいっぱい下げても脚が、膝が、納まらない。仕方なく私だけ前列に乗ることになった。

マニュアル車を操る運転手がこういうケースには慣れていないのか緊張気味に、しかし慎重な手つきで私に肘の先数㎜でも当たらないように配慮してくれているのを感じながら、マスカットの街中へと繰り出した。

乗合タクシーは安定性のない車体を転がすように幹線道路を猛スピードで進み、その運転技術と速さに冷や汗をかきつつも順調に、というかなんとか無事に、終着点であるマスカットの中心地であるルイに着いた。しかし薄汚れた雑居ビルやアメリカ系フードチェーン店、それからおびただしい数のタクシーの客引きが渦巻き、日本やフィンランドではとっくに失われた熱気が充満する中を素通りし、路線バスに乗り換える。オールド・マスカットと呼ばれる旧市街エリアへ向かうのだ。

バスの外見は日本の路線バスのそれとなんら変わらないものの、前方席が女性や子供が座れる優先席エリアとなり後方のエリアとは可動式ゲートで区切られている徹底ぶりだ。

ごちゃごちゃとした中心街をあっさりと抜けて、バスはアーチ状の城壁の下をくぐった。どうやらここから先が旧市街、ここまでは新市街ということらしい。しばらく都会か砂漠続きの旅だったので、いよいよ古いものが、もっと言えば砦や城が見られるぞ、と心が躍った。やるじゃんオマーン。君はやはり期待通りだった。

　行き着いた先ではまずマトラスークというマーケットを散策した。オマーン最古のマーケットらしい。フィンランドにもオールドマーケットホールという室内型のマーケットホールがあるけれど、それとはもちろん趣向がずいぶん違う。

　オマーンのそれは、屋根に覆われていながらも完全な屋内でない場所に小さな商店が立ち並ぶところが日本のアーケード型商店街に近い。昔は違っていたのだろうが今は観光客向けにお土産物か宝飾品を売る店がほとんどで、軒先には刺繍やスパンコールの入ったカラフルなハンドバッグ、さらりとしたスカーフ、モザイク柄の入ったガラスのランプ、ファンタジー世界に出てきそうな宝箱型の重厚な箱、アラビアンナイトごっこに役立ちそうな剣、香辛料、アクセサリー、のどれか、もしくはその全部、が必ず並んでいる。無秩序と言えば無秩序。しかしうっすら暗い中に売り物のランプが煌々と光る様は雰囲気抜群で、この独特の町の空気を持って帰れるならと観光客の財布の紐を緩めるには効果的だと思う。

　私は昔こそお土産を、特にポストカードと荷物の邪魔にならない程度の飾り物を、ちょくちょくと買っては家に飾ってその土地に思いを馳せるという大変正しい楽しみ方をしていたのだけれど、フィンランドに住むようになってからはどういうわけだかお土産も買わなくなってしまった。旅の機会が多すぎるのもあるし、思い出を共有できる相手ができたからというのもたぶんあるだろう。

対して夫は、欧州内ではそうそう買わないけれど、家族にとって珍しい地へ行ったら比較的マメに土産物を買う方だ。そういう意味でこのオマーンは夫の家族の誰も来たことがなく、格好のお土産物色地だったので本腰を入れて土産物屋を眺めたのだけれど、なんだかぴんと来ない。

義父が好きそうな大きな宝箱型の物入れは、ゼルダ好きの彼にならば絶対に気に入ってもらえる自信はあったけれど持って帰るのが大変すぎるし部屋に入らなかったら困りすぎる。剣やカラフルな装飾品はなんだかいかにも土産物っぽくてチープで嘘くさい。ランプは綺麗に見えたけれど家に飾るには趣味の合う合わないの問題が発生するし、香辛料もフィンランド人の保守的な台所では絶対使ってもらえなそう。というわけで迷路のようなマーケットの中をぐるぐると回った挙句、何も買わなかった。こういうとき、せっかく来たんだから何か買わなきゃね、という同調圧力のようなものを出さない相手でつくづくよかったなぁと思う。じゃなきゃ家は旅のガラクタ品で埋め尽くされてしまっていただろう。

何も見つからなかったらそれはそれ、不完全燃焼でも手ぶらで帰るのが潔し、と踵を返した頃に、夕方の礼拝の時間になったのかいたる所に設置されたスピーカーから大音量で歌のようなお経のようなお祈りの言葉が急に流れ始め、いそいそとマーケットを出た。

そのあとは港の見える海沿いの遊歩道を少し歩いた。ポルトガル人が作ったとあって中東というよりはヨーロッパ、テトラポットと堤防の内側には薄ピンク色にも見える石畳が続き、車道を挟んで向こう側には見学していたばかりのマーケットと真っ白くて四角い建物群、その向こうには岩肌で覆われた山、それから山と同じ砂色をした砦が見える。

砦を散策しようと近づいてみたものの一般公開はされておらず、その周りをうろうろして地形を考えた要塞作りの模様を想像して楽しんでいると、丘と丘の間の小道に隠れるようにして建っている小さな、真新しいギャラリーを見つけた。

そこでは地元アーティストのモダンアートと、髪飾りなどのアクセサリー、それから一風変わったジャケットなど手作りの衣類も扱っているようだった。

凝った作りの服やアクセサリーは感心したものの私自身の趣味には合わず、やはりここでも何も買わずじまいだったけれど、このむき出しのからからに乾いた丘の間に突如現れたコンテナーのように狭い画廊には、長い1日で見てきたオマーンのどの場所とも一線を画した瑞々しい輝きがあって、事実薄暗い山かげと街に降りてきた夕闇の中、透明な光を放っていて印象に残った。

旧市街とも新市街とも、国境近くの砂漠とも市井のショッピングモールとも違うオマーンがきっと生まれようとしているのだなと、めまぐるしくアップデートされていく自分の中のこの国に対する印象に翻弄されながらも、もっとこの国を見てみたいと俄然好奇心が増した初日だった。

オマーン滞在2日目はのんびりすることにした。

朝食はホテルの宿泊プランに含まれていて、日の差し込む半テラスのレストランにていただいた。オマーンの朝食ってどんなのだろう、いやいやホテルのことだからきっとインターコンチネンタルなトーストとかソーセージとかかもしれない、と楽しみにビュッフェ台を見ると最初にあったのが緑豆のダルスープ。カレー風味漂うインド料理であった。

オマーンにはUAEと同じく移民が多く、インドやパキスタンからの移民も住んでいる。このホテルの厨房でシェフを務めているのもインド人で、テーブルに丁寧な挨拶がてら卵をどう食べたいかと聞きに来てくれたのでオムレツを頼むと、平たい形状の、青唐辛子を刻んで入れたぴり辛味のものが出てきてこれがなんとも言えない新鮮さ、病みつきになり滞在中は毎日お願いしたほどだ。

ビュッフェ台の料理もそんなわけでダルスープから始まり、お米、蒸しパン、揚げドーナツ、日替わりのカレーが数種類、野菜をスパイスで炒めたもの、などがあり、南国らしくカットフルーツも各種と、毎朝元気をもらっていた。私はインドには行ったことがないけれど、インドも行ってみたいなぁと旅行中なのに別の地に思いを馳せたあたり、夫の旅好きが伝染してしまっている。

朝食の後はビーチに泳ぎに行くことにした。

なんせ外気は26度で晴れ、フィンランド人にとっては奇跡のような暖かさ、こんな日は泳がないわけにいかない、となるのである。一に水泳、二に水泳。マイナス気温でも凍った湖に穴開けて泳いでいる国民のことである。むしろ泳ぐ以外にすることがあるのか、と。

日本人の私にとっては26度程度では海水はまだ冷たいかもしれない、付き合うなら日陰でのんびりしていたい気候である。

ホテルからビーチまではたった数㎞の距離。もちろん歩くことにした。

しかしドバイと同じ目にあう。コンクリート天国のこの市は、歩行者優先に都市設計されていないので、歩道がいきなり途切れたり、幹線道路を渡るための横断歩道がなくてとんでもない遠回りを強いられたりするのだ。

それだけではない。明らかに外国人の私たちが歩いていると、タクシーや白タクがクラクションを派手に鳴らして通り過ぎていく。冷やかされているのかと最初はむっとしたけれど、彼らは客寄せのつもりらしい。

一度なんて律儀に私たちの横で停車したタクシーの運転手が「どこに行くんだ？」と聞いてきた。

乗るつもりはまったくないので面倒くさいなぁと思いつつビーチまで、と答えると「こんなに暑いのにいかれてる」と目を丸くされた。客になるかもしれない相手にいかれてるとは何事だ。彼らにはこの気候がいかにミラクルか、フィンランド人にとっては暑くて最高で、日本人にとってはカラッとしていて暑すぎず最高か、というのがわからないらしい。私たちが太陽光を浴びにはるばるサンタクロースの国からやってきたと言ったらきっともっとびっくりするだろう。

ビーチではやはり誰も泳いでおらず、全身を覆う黒いアバヤを着て肌を隠したお母さんたちとその子供たちの集団15名ほどが大きなピクニック会を木陰で開いていたのと、きっとイギリス人だろうなと思わせる青白い肌を直射日光に晒してやけどに近い日焼けをしている白人カップルが泳いでいるぐらいだった。あとはジョギングや犬の散歩をたまにする人が行き交う、静かなビーチだった。

海の水は私にはもちろん冷たく夫だけが喜んで泳いでいる様は、正反対の風景なのに「雪やこんこ」の歌を私に彷彿とさせた。犬は喜び庭駆け回り猫はこたつで丸くなる。

この地域の人たちにはこの気候もミラクルではなく、ショッピングセンターの室内スキー場の雪や富裕層だけが行ける北欧の雪の方がよっぽど奇跡みたいなことなのだろう。フィンランドや北ヨーロッパの人にとってはクリスマスソングをビーチで口ずさみ、クリスマスギフトの相談をアイスコーヒーを飲みながらテラス席でする方が夢みたいなこと。

その横で私はビーチにおいても日の傾きで移動するヤシの木の細い影を必死に追い中途半端な量のビタミンDを生成しようとしている。

ピクニックをしている団体に目を向けてみる。平日の昼間。よくこうして集まっているのだろうか、それとも年の終わりの忘年会のような位置付けのイベントなのだろうか。フランス系スーパーの袋を下げているのは彼らにとっては日常なのだろうか、もしくは日本のデパ地下や成城石井みたいな、ちょっと楽しい日のお惣菜を買う場所がそこなのだろうか。

ないものねだりの渦みたいな浜辺は前日の港から見た海とはまた違っていて、同じ国の風景だと飲み込むことができないままに私は砂の上でまどろんだ。

ドイツ人もどこにでもいらっしゃる

オマーン滞在3日目はようやくマスカットから郊外に出た。レンタカーを借りたのである。

レンタカー店に予約の電話をするとホテルまで迎えに来てくれ、やはり幹線道路沿いのオフィスまで連れて行ってくれた。道中、「オマーンの人って結構スピード出してますけど、制限速度はあるんですか」と思わず聞いてしまう。間抜けな質問に聞こえるのは承知だが、ドイツのアウトバーンで制限速度がないという恐怖体験を散々してきたからだ。

白いセダンを運転していたそのレンタカー店員は、「もちろんあるよ」と笑った。高速道路ならだいたい100㎞だといい、日本と変わらない。それなのに車が転がるように、もしくは飛ぶように走っているよう感じられるのはなぜか。道は整備されているので車体の安定性の問題だろうか。それとも運転の荒さだろうか。

そこで夫が「万が一スピード違反で捕まってしまった場合の罰金はいくら？」と聞く。

これも違反するつもりでの質問というのではない。フィンランドではスピード違反の取り締まりは厳しく、制限速度を12㎞ほどオーバーしただけでも日本円換算で2万円近くは取られる。更に20㎞以上オーバーするとその罰金額は収入に応じて変わる。つまり高収入であるほど罰金が多くなり、過去には制限速度25㎞オーバーで日本円にして約1500万円を上回る罰金、という前例もあった。フィンランド人の体には、スピード違反はやっちゃいかんやつ、捕まったらかなり痛手なやつ、と叩き込まれているのである。

ところが聞いたところオマーンの場合のそれは「もし捕まっちゃったら3000円ぐらい」と拍子抜けするほど安い。フィンランドに比べるとお小遣い程度の罰金で、しかも捕まっちゃったら、というぐらいだからきっとそんなに捕まらないのだろう。

そこのところをつい突っ込んでみると「うん、20㎞オーバーぐらいならだいたい大丈夫」と黒い口髭を整えた店員は、もう少しでぺろっと舌でも出しそうないたずら小僧の顔でそう答えた。そりゃみんなびゅんびゅん飛ばすわけだ。このオマーン版てへぺろ付き大丈夫を信じるか否かは貴方次第、と言いたいところだけど信じないに越したことはない。

オフィスに着き、レンタカーの契約書にサインして、いよいよ郊外に出る。

出てみると郊外へ続く高速道路は新しいらしく状態もよく、砂漠の中を走っていくというのになんの不便もなかった。心配していた運転マナーも身構えていたほどではなく、スピードカメラも随所に設置されていたため、他車の乱暴な運転に怖い思いをする機会も少ない。すんなりと目的地に着いて拍子抜けするほどだった。

目的地ではレンタカーを駐車し「乗り換え」をした。パークアンドライド、といえば聞こえはいいのだけれど、小舟に乗り込んだのである。

私が旅をする理由はかつて、城を訪れたり珍しいサーカスを鑑賞したりするためというのが大きかった。そのついでにメジャーどころの観光地を回った。

例えばわかりやすいのが独身時代に友人と訪れたラスベガスで、毎晩サーカスやショーを鑑賞して過ごし、ギャンブルには見向きもせず、昼間はやはり別のショーを見るか、単発ツアーでグランドキャニオンなどを訪れた。まあ有名だったら見ておくか、程度に。

それが結婚後は旅の目的の1つにキャンプが加わり、トレッキングも徐々に市民権を得てきた。行きたい土地にいい感じの自然があったら、そのためだけにスニーカーやトレッキングシューズが必要になろうとも見ておくのは当たり前、と。

そこでやってきたのがオマーンのワディ・シャーブ渓谷だ。

駐車場の先、突然視界に現れた湖にも見える深緑色の川のほとりで、小舟というかエンジンボートに1OMRを払い、紙切れみたいなチケットをもらい乗り込むと2、3分で対岸に送ってくれる。目と鼻の先なので泳ぐ強者もいそうなものだけど、みんなおとなしくお金を払っているのが不思議だ。

小さなボートではドイツ人カップルとその女友達という3人組と乗り合わせた。目が合うと友好的に挨拶をしてくれ、どこから来たのという会話が始まり、旅慣れしている彼らとこの後はどこへ行くのかなど情報交換をする。

ドイツ人はどこにでもいる。と言うと大雑把すぎるけれど、旅先で、特に中級者以上向けのアウトドアスポットで、欧州の人っぽいなと思って話してみたらドイツだった、という経験はこれまでにも何度もしてきた。自然を愛し旅に生きる姿勢がうかがえるようなこざっぱりした出で立ちはフィンランドの人にも似ていて親近感が湧く。

しかしたびたび情報交換の会話に花が咲いても連絡先を交換するまでには至らないあたりが、いかにもＲＰＧにおいて宿で情報を落としつつも名は告げない旅人のようでそこもまた小憎い存在なのである。

そのドイツ人３人組と先を譲るように渓谷に足を踏み入れた。

船着場から砂色の固い地面を踏みしめて少し進むと、すぐに視界が開けた場所に出た。

乾いた地に椰子の木が並び、足元は砂利の広場、その奥は岩に閉ざされているかのように見える。岩はビルほどの大きさがあり、先を歩くドイツ人がまるでミニチュア人形だ。

スケールに圧倒されるという言葉があるけれど、文字通りスケール、サイズ感に頭が混乱してくる。ここでは岩は岩山だし、渓谷と呼ばれているものはむしろ峡谷で、谷の底、もしくは2つの崖の間を歩いているようである。なんだかこれはいよいよ冒険じみてきたぞ、と岩山の向こうへ歩みを進める。

渓谷に沿って歩いていく。ガイドはなくとも人が歩けるところは一本道なので迷う心配もなければ、午後の遅い時間なのに頻繁に人が行きかっているので、前を行く人についていけばいい。

ときには真ん中が空洞になっている岩の間を身をかがめて通り、ときには水場のすぐ横を平均台の上を行くがごとく、両腕を広げてバランスを取りながら歩く必要もあった。なかなかにアドベンチャーだ。

のんびりと小一時間ほど歩いただろうか。そのうち渓流の幅が広くなり、エメラルドグリーンの水が視界を占めるようになった。すると陸路は行き止まりとなる。

ここから先は泳いで進み、その奥には洞窟もあるらしいというのは事前に調べて知っていた。それゆえ一応水着持参で荷物は最小限にとどめておいたのだけれど、もちろんロッカーなんてものはないので荷物を頭に載せてぬらさないように泳ぐ必要があり、そんな亀みたいな真似をできる自信はまったくない。帰りの船の時間も迫っているので、ここまでにして引き返すことにした。物陰に隠れて水着に着替え、記念程度に水浴びだけはする。

旅人の中にはこの先こそが醍醐味と力説する人もきっと多かろう。人って人間やってるわりにはそういう人類未踏の地とか大好きだよね、と私はおもしろがりながら眺めている。きっとこれまで何度かフィンランドで、日本で、その他の国で、それぞれ奥地で誰もいないところを歩き、怖いような、恐れ多いような思いをしてきたからかもしれない。夫も旅人を自称する割には同じ意見で、まあ別に奥まで行かなくてもいいものたくさん見れたからいいよね、とおとなしく首都マスカットまで帰ってきた。

オマーンではその後もレンタカーを乗り回してニズワフォートを始めとする城郭巡りをしたり、伝統的なレストランで床の上に敷かれたカーペットの上に座り、トレイを置いてテーブルなしに食事するというスタイルを体験したりした。

そしてこの見れば見るほどに印象が変わっていく万華鏡みたいな国での最終日。ドバイへ戻るバスが午後に出る、その前に時間が余ったのでモスク見学に行くことにした。

ぶっちゃけ暇だから、などという理由で行くのはけしからん場所だ。なんせ訪れたのは神聖なモスクの中でも大聖堂的存在、スルタン・カブース・グランドモスク。イスラムの文化にのっとって、観光客でも女性は髪と体を覆わなければいけないほどだ。

ホテルから比較的近くに位置していたにも拘わらず、実はその神聖さが私たちを気おくれさせていた。なんせ私たちは異教徒だ。まあ興味はあるけど無理に行かなくてもね、と最終日まで延ばし延ばしにし、結局最後は行くことにした。

しかしその気おくれは間違いじゃなかった、と訪問後に学ぶ。

一言で言って、グランドモスクは素晴らしかった。

私にとってはモスク見学自体が初めてだったので比較対象が欧州で見てきた数々の大聖堂になってしまうけれど、そのどれよりも大きく広く、清潔だった。

中はモザイク模様のタイルや連なるシャンデリア、ステンドグラスで豪華に、しかし寸分の隙もなく整然と飾り立てられている。礼拝堂を囲む回廊の床はアイボリーの石が敷き詰められ、それがまた屋外だというのにぴかぴかに磨き上げられ鏡のように太陽光を反射している。その美しさに恐れ入って、そして恐れ慄いた。

チリ一つ落ちていない、どころじゃない。不自然すぎやしないか。誰が掃除しているのだろう、信者だろうか、ならいい。でもそうじゃなきゃ外国人労働者がメインのクリーナー。厳しくチェックされているのだろうか、万が一掃除が行き届いていなかったらどうするのだろう、などと余計な心配をしてしまう。というか、自分がうっかり傷でもつけたら……？　屋外ながら歩くのに緊張してしまうのは、京都の世界遺産に登録されている庭園の見学と似ている。

しかしその緊張感が最高潮に達したのは、メインの建物を見学した後だった。見学路に女性が立っており、「無料でコーヒーが飲めますよ、どうぞ」と小部屋に案内された。事前に日本語のガイドブックでも読んで知っていた「インフォメーションセンターで無料でコーヒーとデーツ（なつめやしの実）がいただける」というやつだ。

これまでホテルや街のカフェでもインスタントコーヒーにしか巡り合えず、あ、別にいいです、と通り過ぎようとしたのだけれど、女性が「外は暑いでしょ、どうぞ」としきりに笑顔で勧める。確かに暑い。やたら広い敷地内を歩き回って疲れたのもある。少し座らせてもらうことにした。

部屋の中はエアコンが利いており確かに涼しかった。壁際にいろんな言語でイスラム教についてのガイドが並んでいる。フィンランド語はマイナーなのかなく、日本語はあった。

席に着き、コーヒーとデーツの実が出される。デーツの実はねっとりと甘く、プルーンやレーズンのような食感だ。食物繊維が豊富でフィンランドでもイギリスでも美容に効くスーパーフードだとかで数年前から流行(はや)っており、味は知っていた。濃いコーヒーといただくと疲れが飛んでいくようだった。

しばしくつろいでいると、それまで他の見学客と話していた、低い円筒形の帽子をかぶった白い装束の初老の男性が正面に座った。「どちらからいらしたんですか？」ときれいな英語で話しかけてくる。私たちはそれぞれフィンランドと日本、と答えた。

そこからが始まりだった。男性は日本の資料はあちらにありますよ、と丁寧に教えてくれた。それから申し訳なさそうにフィンランド語はないけれども英語のも、と。はぁ、と答えはしたけどわりと厚めのそのガイド本の数々を、無料とはいえいただいていこうとは思っていなかった。なんせこれからドバイに戻り、数日でフィンランドに帰る予定だ。荷物は少ないに越したことはない。

しかし私たちの反応が薄いのがまずかったのか男性が話を続ける。

「フィンランド、というと、あなたの宗教は？」

夫は教会には属していないので正直にそう答えつつ、フィンランド国民のほとんどはキリスト教だと教えた。

男性は日本については、いろいろな宗教を持つことを知っており、

「あなたは何教ですか」

と聞いてきた。正面から宗教を聞かれたのはたぶん、生まれて初めてだった。これまで滞在したことのある国やフィンランドでは、少なくとも初対面の相手にその質問はタブーだ。私は日本で葬式のときぐらいしか意識しない宗派を頭に思い浮かべつつ、しかし両親の実家それぞれで当然違うので、特に何も支持していない、と政治について語るように答えてしまった。

するとそれまで柔和そうだった男性の目がぎらりと光った。

「質問を変えます。あなたがたは神を信じていないのですか」

ちょっと怖かったが異教の神のお膝元で嘘をつくのはもっと怖かった。

夫が先に、

「いるかいないかでいれば神の存在は信じています」

と答えた。さすが学校の宗教の時間でキリスト教のみを教えられていた時代の子だ（今はあらゆる宗教について触れるものに変わっており、別の授業を取るという拒否権のようなものもある）。教会にまったく通わなくても頭の片隅に神はいるのだろう。

一方私は、

「少なくとも私が祈る特定の神はいませんが他の人の神を否定するつもりはありませ

ん」

と率直に答える。しかし模範解答でなかったようで火に油を注いでしまった。

「では一体あなたは何を信じているというのです」

とあきれるような、馬鹿にするような質問が返ってくる。男性はテーブルの上に組んだ手を置き身をこちらに乗り出している。前言撤回しないと部屋から出られないようなプレッシャーさえ感じる。エアコンが利いているのに冷汗が出てきたが、同時に男性の見下した態度にむっとしてもいた。何を信じて生きるかは私の自由だ。馬鹿正直を貫くことにした。

「仕事。私の宗教は仕事です」

ぽっかーんという音が聞こえそうなあきれと哀れみが混じった表情を浮かべて口を半開きにし、男性は固まっていた。彼の理解の範疇を超えているのだろう。なんせこれは仲のいい友人にさえ理解してもらうのに時間がかかる考えで、さらにこの国においては女性である私が金銭以外の理由で働いていることから説明を始めなければならない（それよりも、アジア人の私がコーカソイドの夫のメイドでないことを先に説明すべきなのかもしれない）。

私の解釈では宗教は原動力であり人生の試練を受け入れるためのツールだ。これがあるから頑張る、辛いことがあってもこれのために一度頭をリセットしてどうにか起き上がる、常に誠実に向き合う存在という意味では、私には仕事だけで充分だ。床を舐められるほどのぴかぴかの豪華な建物やそれを維持する経費は私の生活にはいらない。もちろんそんな説明、して差し上げるつもりも毛頭ないのだけれど。

ちょうどいいので相手がフリーズしたその間に逃げることにした。

最後に男性は押し付けるように、イスラム教について、神についての日本語と英語のガイド本数冊と、コーランが収録されているというCDを差し出し、私たちは仕方がないので受け取ってマスカットのグランドモスクをあとにした。この旅以来、無料のコーヒーには裏があると夫婦でこの体験を苦々しく思い出してはネタにしている。

ちなみにそのあと移動時間にもらったガイド本に礼儀程度に目を通したところ、イスラム教では他の宗教を否定するつもりはない、と書かれていた。アッラーはそれだけ寛大なお心なのです、と。つまりジーザスでもなんでも、神はいる、と全面的に認めるのが正しいというか、相手の顔も立てつつ穏便に旅を続ける秘訣らしい。いい勉強になった。

フィンランド人は他国でもわざわざサウナに入る

　フィンランドはサウナで有名な国である。

　フィンランド国内のサウナの数は推定で２００万から３００万個と言われており、人口５５０万の国でこの数なのだから単純計算で２人に１個はサウナを持っている計算になる。日本でも近年サウナブームで、フィンランドのサウナストーブをはじめとするサウナグッズを輸入したり、フィンランドのサウナを真剣に研究する愛好家が集ったりと注目が集まっている。

　しかしそんなフィンランドサウナの陰に隠れて、他国のサウナはいまだにひっそりとつつましく存在している。まるでウラル語族という呪文のようにけったいなフィンランド語から借りてきたＳＡＵＮＡを名乗るのを恥じらっているかのように（※サウナはフィンランド語である）、近隣諸国のサウナは外に向けてほとんどアピールしていない。ばんばん文化を輸出してたいした資源のない自国に還元しようぜ、というたくましい商魂はそこにはなく、ただ裸になって蒸される場所、とひと昔前のフィンランドサウナの純粋な素朴さが他国には残っている。

バルト3国やポーランド、チェコに行けば田舎で小屋みたいなスモークサウナにお目にかかり、ドイツに行けばプールとセットになっていて、タオルでバフっと熱風を送られる。ロシアに行けば熱過ぎるかぬるいかのどちらかが多くいつもギャンブルのようなスリルを味わえる。

で、今回は私がこれまで経験したサウナの中で間違いなく最高だったもの、について書きたい。残念ながらフィンランドではない。エストニアでのサウナ体験である。

エストニアの首都タリンへは、ヘルシンキから大型フェリーに乗って2、3時間で行ける。船代もリーズナブルで安いときには日本円換算で千円台から。それゆえ1年に数回はタリンへふらっと行くのが常だった。感覚としては東京都民が箱根にちょっと遊びに行く、とかそんな感じ。

しかしその夏は、エストニア人の友人カップルに連れられて、男性の方の故郷に遊びに行くことにした。彼の実家に泊めてもらい、近くの村で開かれる映画祭に行こう、という小旅行だった。

その映画祭がまた珍妙な祭だった。

タリンから2時間ほど離れた、日本のガイドブックには絶対載っていない田舎町というか村で、小さなコンビニサイズのスーパーと教会が2軒以外は何もないような静かな集落だった。いや、本当は元商店のようなものがあったのかもしれないけれど、どれも埃のかぶった牢獄みたいなシャッターを閉めきっているか（週末だったが永遠の日曜日といった雰囲気だった）、看板なんて出さなくても客である村人全員は知っているかのどちらかで、何か特筆すべきものを見かけたという記憶はない。当然、そこに突然黒い髪の東洋人がやってくるなんて地元の人は想定はしていないだろう。それどころか歴史的な背景のあれこれでおそらく、統計は確認していないけれど、村人の半数はエストニア語を話さず、ロシア語しか話せないのではないかと推測している。上映された映画についていた字幕もロシア語が多かった。

そんな場所でなぜ映画祭なのか。これは変わった人たちが集まった、と聞いている。確かこの村出身の若い衆が都会で出会った他の若い衆と映画祭やろうぜみたいなことで盛り上がって白羽の矢が立ったのが故郷の村だった、という流れだったはずだ。

最初は小規模だったかもしれない。しかし年を重ねるごとに出資者や支持者も増え、私が訪れたときはジャンク車ばかり停められた空き地というか駐車場の横を、天幕の下にパイプ椅子を並べメイン上映館とする他、道路を挟んで反対側には小さいながらも野外ステージが設置されミュージシャンが思いついたようにたまに場を賑わし、その周りではワゴンに載せた大きな銀色の樽に入った地元のジュースや瓶入りアルコールの販売、ストリートフードの販売が2、3軒、なぜか卓球台が一台。それから少し歩いたところにある小さなシネマ博物館が第二上映場となっており、ソビエト連邦時代の村の消防団だった建物ではアートエキシビジョンを開催していた。メイン会場の駐車場にはリタイア済みであろう古い路線バスがあり、外に電飾、中にカラオケマシーンを据えられてカラオケボックスと化していた。楽曲リストはコピー紙に印刷されてバインダーに挟まれているというアンティークぶりだ。

8月の開催だったので、テント内とはいえ屋外で上映するには暗さが必要だ。エストニアもフィンランドの白夜ほどではないけれど日没時間は21時半ごろと遅く、友人たちと暗がりを待ち望む儀式のように、お酒を飲んだり芝生に座ったり何年ぶりかの卓球をしたりした。

その贅沢で親密な時間つぶしに一役買ったのが、サウナだった。

フィンランドではよくこういった屋外音楽イベントに、車に牽引されてくるタイプの移動式サウナが登場する。

しかしこのエストニアの片田舎で予想外に出会ったのは、村に消防団があった頃の遺産だろうか、古い消防車を改造して作ったファイアートラック・サウナだったのだ。

誰がこんな狂ったことを思いつくのだろう、と目にした人はみな笑っていた。こんなとびっきりのいたずらに参加しない手はない、とにんまり。

サウナへは運転席側から入る。いや、その前に男女混浴なので簡易トイレでこそっと水着に着替えてくる必要があった。ジャンク車広場を水着に薄い上着を羽織った状態で、もしくは男性は水泳パンツ一丁で横切るのだけれど誰も気にしない。ああのサウナに行くのね、とみながわかる。それほどその消防車はこの会場内では巨大にして異彩、絶大な存在感を放っていた。

入口である運転席とその後部に当たるエリアの間の壁は取り除かれ、そこに木製のドアがあった。つまり木造サウナが消防車の中に取り付けられているような状態だ。恐る恐る中に入れば驚くことにそれはスモークサウナ。高温の煙を焚いたのちに適温になるまで待って入る、煙の匂いが体に染み付いてスモークサーモンになった気分が味わえるちょっと特別なサウナだった。

中に入れるのは最大でも8名ほどだっただろうか。家庭のサウナよりは少し大きく、ストーブにかける水を貯めた大きな樽もあった。先客は30歳前後のエストニア人男性2名。そこに私と夫、友人カップルの4名が交ざると流暢な英語に切り替えてくれた。

フィンランドの公共サウナでは、少なくとも暑いサウナ室の中ではおしゃべりを楽しむというより静けさを重んずるのだけれど、ここでは外国人が珍しいのとイベント自体の非日常性が手伝って、先客2名とのおしゃべりに華が咲いた。

日本のサウナは暑いけど乾いていてたいてい温泉とセットでテレビがあって、などと、日本のサウナ事情を聞かれたのでよくあるサウナトークを繰り広げる。夫はそこへ日本の温泉文化への異常なまでの愛を語り出す。消防車の中で半裸に近い状態で膝を寄せ合い赤の他人と汗をかく、いま思い返しても変な光景である。話しながらサウナが私にはぬるかったので、遠慮なくロウリュしまくって温度と湿度を上げることに貢献し続けていると、そのうち先客はお先に、と出て行った。と言っても涼みに行ったのではない。もう1つのお楽しみ、ジャグジーが消防車の後部に設置されているのである。

そしてここからがこのけったいなサウナの神髄の出番である。続く。

エストニアまで映画を観にきたのかサウナに入りにきたのか

エストニアの田舎で映画祭に参加したはずが、古い消防車を改造したサウナでなぜか汗をかいているとある夏の思い出。

常々フィンランドの人たちはちょっと日が照っただけで半裸になるなぁ、脱ぎたがりだなぁと他人(ひと)ごとみたいに眺めていたけれど、こうして振り返ると私もフィンランド国外においてさえおもしろいサウナがあるという理由だけで素早く服を脱ぎ捨てるくせがついているのだから、あまりフィンランド人のことばかり言えない。一応水着はつけているけれども。

先客のエストニア人にならい私たちもサウナで温まったのちジャグジーに出ていくと、先客2人とその顔見知りらしい男女2人がすでにジャグジーにいて、缶ビールを片手にくつろいでいた。彼らはこの田舎町では浮いている、というか唯一のアジア人で目立ちまくっている私を見つけると「サウナを熱くしまくってるアジア人の子がいるって聞いてたけど君か！」とおもしろがっている様子で話しかけてきた。聞けばちょっと長くサウナにとどまっているうちに会場中にそんな噂が広まっていたらしい。サウナで火照った体が冷めないうちにまた裸の交流が続く。

ジャグジーは大きく、大人6人はゆうに入れるサイズではあるもののお湯はぬるかった。フィンランドやエストニアのスパでもたいていそうであるように湯温は38度程度に保たれている。ちょっとぬるいけどサウナ後にはちょうどいいよね、と話すとまたエストニア勢が喜ぶ。

というのもサウナの中ですでに、エストニア勢はフィンランドのサウナよりエストニアのサウナの方が熱い、などと話していたのだ。真実はどうだかわからないけれど、サウナのある外国からの客とサウナで隣り合うとよくこの「こっちの水は甘いぞ」ならぬ「うちのサウナは熱いぞ」議論が繰り広げられる。フィンランド人はスウェーデンのサウナはぬるいと鼻で笑い、エストニア人はフィンランド人よりも熱さに耐性があると競おうとする。火花ばちばちというわけでなく、あくまでも友好的な感じで。

そこへサウナ門外漢に見えるアジア人の私が参戦してあっさりとサウナを熱くしジャグジーをぬるいとバッサリと斬り捨てたから、彼らは喜んだのだ。新しい猛者が現れたぞ、と。現にエストニア勢は38度の湯で白い頬や背中をピンクに染めている。私の夫と、友人であるエストニア人カップルは日本に何度も行ったことがあり温泉好きでもあるから湯の中で温まるというのには慣れていてへっちゃらだ。

私がついジャグジーの温度調整をいじろうかと思い始めた頃、このサウナとジャグジーをめぐるかわいらしい我慢比べに新しいステージが取り入れられた。

忘れてはいけない、ここは消防車の上なのだ。

この変な消防車サウナの管理者である背の低い丸顔のおじさまは、私たちがサウナやジャグジーにいたときから湯加減（もしくはサウナ加減）はどうか、と細やかに気を配ってくれていたけれど、いつの間にか消防士のコスプレをしていた。シルバーに光るジャケットを着て、消防士の帽子をかぶり、何が始まるのかと思えばホースを手にしている。庭の水やり用ではなく、正真正銘の消防車付属、放水用のぶっといホースである。

「ようしみんな、そこに一列に並べ！」

満面の笑みで客である私たちにジャグジーから出るよう命じると、彼は消防車のサイレンを得意げに鳴らし、地面に並んだ私たちに一気に水を放った。

サイレンが鳴り響く中で消防車の水に打たれる、という経験をしたことのある人はこれまでどのぐらいいただろうか。

これははっきり言って、滝壺の修行に近い。冷たいというより痛い。水圧が容赦なくむき出しの肌を打つ。しかし友人やサウナで知り合ったみんなできゃあきゃあ言いながら打たれるのは爽快以外のなにものでもなかった。サウナ後の寒中水泳よりよっぽど趣味がいいクールダウン法である。放水後の地面には水たまりができてぬかるんでいたから相当の水量だったに違いない。

冷えた体をもう一度サウナで温めて、タオルで雑にふいた髪が乾く頃にはこれなんのイベントだったっけ、と、誰もが映画のことなんてほとんど忘れていた。

この後インド映画をロシア語字幕で、ロシア映画を字幕なしで見たけれど、消防車サウナの方が記憶に強く残っているのは言うまでもない。

「そこに水のはったプールがあるから」inスペイン

独身時代にした数々の旅の中でも一番印象的だったのはスペインだった。まだヨーロッパに自分が住むだなんて想像もしていなかった頃の話だ。

年に一度ぐらいしか行けない海外旅行で、いつもは英語の通じるUKを中心に近隣諸国を回っていたのだけれど、このときばかりは城見たさに南スペインに飛びそれからだんだん北上するという1週間ひとり旅をやってのけた。地方によって変わる城の形や地形や名物がどこをとってもおもしろく、途中高熱を出したり行きたい施設に入れなかったりといろいろとトラブルにも見舞われたけれど、今でもきらきらした思い出の中にスペインはある。

そんなスペイン、特に南スペインに是非とも夫を連れて行きたかった、というところからこの旅は始まる。

夫は当初、遅く取った夏季休暇の旅行先を南スペインにするのを渋っていた。

南スペインに位置するマラガ県は北ヨーロッパ、すなわちフィンランドやイギリスやスウェーデンの人々にとても人気のリゾート地であり、まさに私たちのように、パッとしない自国の秋から抜け出して夏の延長戦を決め込もうという人でいっぱいなのである。

つまり、ありがちな行き先。手抜きの旅行。誰もが行っていそうな、特に感心もされない場所として夫の中にはインプットされているのだ。

なぜそこまでフィンランドや北欧勢、すなわち「とにかく暗いだけの秋冬を持った人々」（イギリスはそこまで暗くはないが雪より雨が多くて悲惨なのは仲間だ）がこの小さな町や県に夢中になるのか。

それはとにかく物価が低いのである。

私たちが泊まったホテルはアパートメントホテルで、ミニキッチン、トイレ、バスタブ、シャワー、壁収納式のダブルベッドにソファベッドが備わった部屋だった。ホテルのプールとジムは使い放題。それでスペイン的にはオフシーズン、つまり地元の人たちは寒くて泳がないという時期だったおかげで一泊4000円もしなかった。ヘルシンキに4000円で一泊しようと思ったら得られるのはせいぜいドミトリーのベッドぐらいだろう。

宿泊だけでなく、スペインは食事も抜群に安くてうまい。一皿1ユーロ（約130円）のタパスや2ユーロのグラスワインは恐ろしく気軽なのに充分に美味しく、イングリッシュブレックファストにプロセッコまでついて5ユーロ程度（約650円）だったときは度肝を抜かれた。ヘルシンキで5ユーロを出して得られるのはイングリッシュブレックファストという名のついたティーバッグ一個とお湯だけだ。

到着日はホテルへのチェックインが夜になり運悪く日曜日、どこも開いていないだろうと思いながら夫が買い出しに行ったら唯一開いていたガソリンスタンドでなぜか店内で焼き上げるバゲットが売られており生ハムは1パック1ユーロでワインまでもが日曜の夜なのに手に入り、その事実にめまいを覚えながらホテルの部屋で晩餐をしたのをよく覚えている。

物価だけでなくヨーロッパ人を惹きつけるものがある。

空港からホテルに来るまでのタクシーの車窓から見えたのはヤシの木が並んだ海沿いの道路とその向こうに長く続くビーチ。

11月だというのに海辺のレストランのテラス席は満席で、11月だというのにホテルのプールには水が張ってあった。当然泳ぐのは観光客だけだが、フィンランドのコートも手袋も必要な暗い秋から飛んでくるとそれは奇跡のような光景だった。

南スペインはもうヨーロッパを名乗るのをやめた方がいい、と思うほどに。

そんな、フィンランド人からすると楽園のような場所に来るのを渋っていた夫を後押ししたのは、実は育児休暇だった。

このスペイン旅行の際、第一子は生後数ヶ月。子供が2歳になるまで父親にも育児休暇を取る権利があり、夏休みと併せて休暇が余りに余っていた。

自宅でおとなしく冬を満喫するような性格ではないのが我が夫だ。それならば長く経済的に滞在できて長く日を浴びられる場所にしようとマラガに来た。期間は2週間。それでもまだまだ休みは残っていて、この旅行中に更に次の旅行先が決定するのだけれどそれはまたの機会に。

いざ来てみると、一人で日本から旅したときには気付かなかったスペインの魅力に気づいた。

私はヤシの木が校庭にある温暖な地で子供時代を過ごしたので、あの大きな影を落とす植物になんの興味も示さないが、フィンランド人の夫はヤシの木だけではしゃぐ。写真を撮る。表情が明るくなる。

それだけでなく街路樹のレモンの木や民家の庭になるオレンジの実の写真を撮っていたのにはさすがに笑わせてもらった。この人にとっては、柑橘類がなっているのが珍しいのだ、と気付くまでに時間がかかった。静岡県にある私の実家の庭では標準装備だけど、そういえばフィンランドにはこういうのないぞ、と。

滞在先の部屋で料理をしようと近くのスーパーに行くと、フィンランドではなかなかお目にかかれないお手頃価格のタコやイカ、エビやアンコウなどがずらっと並んでいる。外食もお金がかからないけれど、これは料理がしたくなるラインナップだ。キッチン付きの部屋にしてよかった、と心底自分の決断に感謝した。

それに南スペインには山がある。秋なのに泳げる海だけでなくフィンランド人が恋い焦がれても手に入らずついにはリッチなお隣の国が哀れんで恵んでくれようとまでした山が（※2017年フィンランドが独立100周年を迎えた年ノルウェーがフィンランドとの国境にある山をフィンランドのものにして差し上げよう、と国境を動かすことを検討した。いろいろな大人の事情で却下になったけれど。さすが石油で潤っている国は太っ腹である)。

山なんて日本で飽き飽きするほど見ていたけれど、しばらく離れてみると集落に落ちる山影やロープウェーや、海へとうねって続いていくくだり坂は、心を衝くものがあった。認めたくないけれどこれも原風景というやつなのだろうか。夫はもちろん、ヘアピンカーブを見るたびに珍しそうに写真を撮っている。きっと山のない地域の人にとっても、海と同じくロマンを感じさせる対象物なのだろう。つまり、南スペインにはありとあらゆる憧れが詰まっている。

これを書いているとなぜ私はフィンランドに住んでいるのかわからなくなるぐらいである。

同じように思っているフィンランドの人はとっても多く、実際マラガ県やバレンシア州アリカンテ県に別荘を持っている人も少なくない。

マラガ県の中でも特にフエンヒローラという小さなリゾート町にはフィンランド料理がフィンランド語で注文できるレストランやフィンランド食品店などもあって、大して特別でないフィンランド名物のミートボールやサルミアッキが手に入るのである。一昔前の日本人にとってのハワイみたいなもので、英語やスペイン語ができず生活習慣を変えにくいお年寄りでも気軽に太陽光を浴びに訪れる旅行先として人気なのだ。もちろんお年寄りだけでなくファミリーも若いカップルもたくさんやって来る。

実は夫の親戚も、冬の間を過ごすマンションの一室をまさにフエンヒローラに持っているのだそうだ。またマラガ旅行中にフィンランド語が聞こえたと思ったら大変品のいい素敵なお召し物を身につけたかわいらしい女の子2人連れのフィンランド人一家で、話しかけられてみたら「うちの別荘マンション、安く貸すよ？」というお誘いだったこともある（彼らの安いは我が家の「高い」と同意なので丁重にお断りした）。

数年前の新聞では、マラガでリモートワークをしてフィンランドの企業からお給料をもらっているフィンランド人というなんとも羨ましい人の話も載っていた。柔軟な企業ではフィンランド国内の別荘からだけでなく、ＥＵ内でのリモートワークも認められていたりする。またフィンランド人の子供を主に対象とし、フィンランド本国のカリキュラムに則った授業をする私立の学校も存在する。

そんな状態であるから、海辺のレストランで席についてみれば隣のテーブルもフィンランド人のリタイヤカップルだったり、ホテルのバルコニーでくつろいでみればどこかの部屋からフィンランド語で痴話喧嘩が聞こえてきたりと、見事にフィンランド語だらけだった。

食堂が立ち並ぶビーチ沿いを歩けば大きく「イングリッシュブレックファストあります」と看板を出している所も多く、イギリス人も多いのだなと窺える。そしてドイツパブを謳っていたり、スウェーデンやノルウェーやフィンランドの国旗を出していたり、というのもそこかしこで見かけた。完全にヨーロッパ人の庭である。

しかし私の方が夫より数年先に観光地は押さえていたので、子供を抱っこ紐やベビーカーに入れ、夫を案内するという変な絵面での旅と相成った。

実は日本では逆に夫の方が詳しく、日本の交通ルールや右ハンドルも恐れることなく車を運転し私を観光に連れて行ってくれるので、我が家ではこんなちぐはぐな役割での旅が日常だったりもする。

まさかのスペインからのモルディブ with 赤子

スペインで2週間の休暇を取っていたときのことである。

1か所のアパートメントホテルに泊まり地元のスーパーで買ってきた食材を調理し、暮らすように旅する、というのは結婚以来ずっと夢に見ていたことだった。

なぜならうちの夫、普段はのんびりしているくせに旅行となると予定を詰め詰めにして滞在都市を数日おきに変えたり、ついでに隣の国もと結局大移動したりとせわしないのである。とにかく1か所にとどまっていられない性格なのでフィンランド名物のサマーコテージ（通常ひと夏を過ごす）も所有していない。しかしこの旅だけは特別だった。子供が生まれて、赤子を連れてそんなに移動ばかりもしていられないよね、と初めてスローダウンしてくれたのだ。休みも1ヶ月取っていたけれど旅行期間は2週間強。夫もやればできるんだ！　とひそかに感動していた、南スペインでの夜だった。

その日は夕方から激しい雨に見舞われた。日本の夏にあるゲリラ豪雨によく似ていて、ああここも暑いもんねぇとキッチンの片付けをしながら懐かしむ私に対し、窓に張り付いて雨の様子を眺めている夫がいる。赤子は大きなベッドの真ん中でどんと手足を広げて眠っていた。外では雷がゴロゴロ鳴って雨音もうるさいのに、夫は窓から離れずカーテンも全開にし外を見ている。何をそんなに見るものがあるのだと訝しんでいるとやがて気づいた。この人、夕立が珍しいんだ、と。

フィンランドの夏でも暑かった日には夕立が来る。しかしなんとなく肌寒く、あの本当に暑い国特有の、雨が起こす湿気でシャツさえも肌に張り付いてべたつくような、腹の底まで雨音が鳴り響くエネルギーにあふれる現象とは違う。雷もそこまで激しく近くで鳴らない。

だから夫は雨がアスファルトを打つ音や稲妻にはしゃいでいるのだ。今まで旅した熱帯の国々を思い出しているのかもしれない。

やがて夫がぽつりと言った。

「やっぱりモルディブに行こう」と。

モルディブ、モーリシャス、セーシェルは、夫の行きたい国リストに常駐している島国だ。共通点は常夏で、つまりどれもフィンランドから恐ろしく遠いため旅費がかかり、いつも後回しにされている行き先たちでもある。

スペインに来る前も夫の中で候補地にはあったけれど、遠いのと赤子連れでの安全性が不明だったのとで今回は行かないことにしたはずだった。

しかし暑い国独特のスコールのような雨を見ているうちにやはりアイランドリゾートが恋しくなったらしい。

困ったことにスペイン旅行が終わっても夫の休暇がまだ約2週間分もあった。その2週間を、1年間で最も暗い時期のフィンランドで過ごす気なんてさらさらない、というのが透けて見えるようだった。

夫はソファに座って飛行機の値段を調べ出した。旅行中だというのに。

私は反対だった。2週間も旅行に出た後で少しは家で落ち着きたかったし、そもそもその自宅も旅行に出る数日前に引っ越してきたばかりの新居でちっとも片付いていなかったのだ。

それなのに夫は「まあまあ、調べるだけでも」と私をなだめ、そのうち手頃なフライト、滞在によさそうな島やEU圏への戻りやすさなどからモルディブがよさそうだぞ、と結論づけた。他の行き先との比較、さらに同じモルディブ共和国の中でも島々の比較、そこへ行くまでの経路の比較などを旅行中なのにそれから毎日延々と聞かされて、頭が混乱してきた私は最終的に匙を投げた。「もういいよ、行くなら行くよ」と。正直言うと私にとってアイランドリゾートはどれも同じだったし、この今いるスペインを楽しみたかったので許可して黙らせたかったのも大いにある。

そのうち夫は自身が旅行中だなんてお構いなしに次のフライトを手配し、ホテルを予約した。

そして南スペインからポルトガルまで数泊寄って充分に旅行を楽しんできたあとは、ヘルシンキの自宅での3泊を挟んで、私たちはモルディブへと飛び立ったのである。

赤子を連れて旅をするなんて、とお叱りになる方もいるかもしれない。

しかし今振り返ってみて思うのは、このときに旅していて本当によかったなぁということだ。生後数ヶ月だった第一子はよく寝る子で、フライトでもホテルでも泣くことなく比較的簡単だった。2歳になるまでに15か国は軽く上陸していたのではないかと思う。

これが2歳を過ぎると好奇心旺盛な性格で怪我やら持病やら、いろいろと難しくなってきたのだけれど、遠出を小さいうちにしていたのは幸運だったように思える。

子供は覚えてないよ、という説もあるけれど、それはその通り。これに関しては子供自身が大きくなって行きたくなったらまた行けばいいだけの話である。思い出を作ってやろうなんて思ったこともない。ただ親が、自国では何重にも重ね着させないと外に出せない時期に、外で思いっきり（できれば薄着で）遊ばせたいと願って旅に連れまわしているだけなのである。

モルディブへはドーハで乗り継ぎ、首都にあるマレ空港（今は「ヴェラナ空港」に改称）に着いたのち、宿泊地の島へと船で向かう手筈になっていた。

しかし飛行機がマレへと到着した際、預け荷物のベビーカーが若干破損していることがわかり、補償手続きなどに手間取っているうちに島への船が出てしまった。

空港は国際空港ではあるけれど小さく、着いた途端に熱気が顔に当たり、船着き場と直結している到着ゲートの後の待合スペースもエアコンが利いておらず、夜通しのフライトで疲れていたのもあり、来たことを後悔しそうなほどだった。

モルディブといえば青いサンゴ礁と白い砂浜の間に建てられた水上コテージで有名だ。そういった高級リゾートの宿泊客は空港からさっさとチャーターやフェリーで飛び立っていくので、きっと待合室にエアコンなんて必要ないのだろう。

しかし決してお金持ちではない私たちが選んだのは、超庶民的な島とそこにあるホテル、ゲストハウスだった。

というのも、このモルディブ旅行は夫としては「公式なハネムーン」なのだそうだ。旅行は結婚してからすでに何度も行っているし新婚とは呼べないのだけれど、ビーチのあるリゾートでないと夫的にはハネムーンとは認められないらしい。そこでハネムーンとは何か、を二人で話し合ったところ、水上コテージにこもってきれいな海とホテル付きのシェフの料理だけを楽しむのはなんか違うよね、と思い至った。私も夫も貧乏旅行に慣れているがゆえ、これまでも地元の人と触れ合う機会が多かった。水上コテージはたぶんそれとは逆だぞ、と。

そこでネットを頼りに高級コテージのない、しかし本島への船も定期的に出ている小さな島を2つピックアップして、9泊の旅程でその2つの島に泊まることにしたのである。

希望通り早速地べたのモルディブを空港の周辺で見ることができたのは、熱気や汗で体を疲れさせたものの、悪いことではなかったと思う。実際空港では地元の人もみんな汗だくになって働いている。

幸い1時間ほど待っただけで次のフェリーへ乗ることができた。ゲストハウスのスタッフがわざわざ空港まで迎えに来てくれ、スーツケースを運んだり船へ乗るのに手を貸してくれたりした頃、ようやくリゾートに来たという実感が湧いてきた。

フェリーとは名ばかりで小型の高速艇だった。屋根はあっても外壁がなく、波の上を飛ばす小さな船は手すりにつかまっていないと振り落とされそうで若干怖かった。赤子には小さい子用のライフジャケットはないとあらかじめ聞いていたので、フィンランドで買って持参していたのを着けた。最初そんなものを用意するなんて大げさな、と心配性の夫に呆れたけれどどうやら正解だったようだ。

モルディブは環状に並んだ1192の島々からなる島国だ。途中いくつもの島を通り過ぎ、その中に絵に描いたような水色の海に浮かんだ水上コテージもあった。ほほう、あれが噂の、と船に乗った他の観光客も身を乗り出して写真をたくさん撮っていた。モルディブといえば紹介されるのはああいうコテージばかり。でも私たちがこれから行く先にはそんなものは存在しない。お金持ちエリアを通り過ぎたことで船内に仲間意識みたいなものが芽生えて、船のエンジン音がうるさいので会話はろくにできないものの、和やかな雰囲気のなか1時間半、私たちは目的の島に着いた。

モルディブのローカルな島に着いた。予約していたゲストハウスは、同じような庶民的なゲストハウスが並ぶ一画にあった。白い塀に囲まれ、敷地内のヤシの木の大きな葉がみょーんと塀の上へとはみ出しており、木製の重たそうなドアの先には前庭があり砂が敷き詰められていた。テーブルと椅子も並べられており朝食もここでとるようだ。ビーチに面していない立地でも砂の上で食事を、というゲストハウスの工夫なのか、もともとこの地が砂に覆われていたのかはわからない。しかしはだしやビーチサンダルで出てきてごはんを食べる、ちょっと冷たいものを飲むというそのスタイルは確実に観光客の心をわしづかみにするのだろうなと容易に想像がつく。というか、うちの旅好きビーチ好き熱帯好き三拍子の夫が好きそうだ。きっと予約のときの決め手もこの砂の前庭だったに違いない。

ゲストハウスのオーナーをはじめとするスタッフは、欧州からやってきた私には少年としか思えないような、浅黒い肌をした小柄な男性陣たちで、正午近い時間に着いた私たちを快く迎えてくれ、本来のチェックイン時刻ではないけれど事前に連絡をしていたおかげで部屋の準備も整っていた。夜通しフライトで起きており時差ぼけと疲れと暑さで一刻も休みたかったのでこれは嬉しかった。

しかし、だ。地上の楽園と呼ばれているモルディブの、その端っこのようなものを私たちは部屋で目にする。

赤子連れということで一階に取ってくれていた部屋には広々としたダブルサイズのベッドが2台あり広さは申し分なかったのだけれど、そのベッド一面にシーツアートとフラワーアートが施されていた。タオルをうまいこと細く丸めてハート形を作ったり、赤い花をちりばめたり、極め付きには笹のような細い葉を使って「Welcome」「Happy Honeymoon」と書かれていたり。どうやら予約時に夫が、一言「ハネムーンで訪れます」などと追記したようで、ゲストハウス側がおもてなし精神てんこ盛りにベッドを飾ってくれたらしい。私はハネムーンだと認めた記憶はないけれど、夫の中ではそういうことにしたのだろう。

水上コテージがこういったハネムーン向けのサービスを行っているのは知っていた

けれど、まさかお金持ちやハネムーンカップルはあまり来なさそうなこの小さな島のゲストハウスまでホスピタリティに溢れているとは想像もしていなかった。几帳面に並べられた葉や花には明らかに時間がかけられていて、あの少年のようなスタッフたちがこれを配置したのかと思うと微笑ましい。

結婚してだいぶ経つし子供もしっかり生まれているしそれをハネムーンなんて呼んだらこの国の人たちは私たち夫婦を一体どう思うのだろうという一抹の心配はあったにせよ、そのおもてなしの気持ち自体は純粋に嬉しかった。

どうやらここは本当に楽園の一部なのかもしれないぞ、と記念にシーツアートを写真に収めて、さあ楽園での昼寝を貪ろうと花たちをどけようとしたそのときだ。私は自分がビーチリゾートに乗り気でなかった理由を瞬時に思い出した。

ベッドの上で蟻がうごめいていた。

赤い小さな花弁に紛れ込んでいたのだろう。私と同じ虫嫌いの方のため控えめに、一匹ではなかった、とだけ記しておこう。暗いところを求めて枕の下にも、シーツの中にも。手の施しようがないほどに。

そのあと綺麗な花とスタッフの努力を惜しみつつも飾りを全部取り除き、申し訳ない気持ちいっぱいでシーツを替えてもらって仮眠につけた頃には午後になっていた。部屋についているエアコンはゆっくりと頑張ることに決めたらしく、人の出入りが落ち着いてだんだん冷えてきたかもな、眠りにつけるかもな、というころに赤子の授乳やらおむつ替えやらがあり、満身創痍の状態でハネムーンの始まりである。

短い昼寝から起きると夕暮れどきに近かった。しかし外気温は25度、湿度は90％と天然サウナ状態、赤子の体温調整能力がどれほどのものかいまいち心配だったので、日が暮れてから散歩に出かけた。

全長も幅も500m程度の島の、地面のほとんどは砂に覆われていた。通りが縦横それぞれ4、5本あっておしまい。迷いにくいサイズだ。島民が家の外に椅子を出して野菜の皮を剥いたり、涼んだりしていた。大家族の中の、一番小さな幼稚園児ぐらいの女の子が飛び出てきて「ハロー！」と元気よく挨拶してくれたかと思うと、おばあさんと思しき顔をしかめた女性に、やめなさいと塀の中に引き戻されていた。どうやら観光客に話しかけるのはこの家庭ではタブーらしい。

赤子を連れていたので、それでも寄ってくる人たちはいた。同じように小さな子を連れた女性や子供たちに、ベイビーベイビーと赤子を見せるようにせがまれる。みんな日に焼けていて、綿のワンピースやTシャツ短パンなどの薄着で、健康そうだった。中には片言の英語を話せる人もいて、どこから来たの？　今何ヶ月？　などとやりとりが生まれるけれど複雑な会話には発展せず、答えると相手はニコニコと笑顔を返す。

そのうち島に設置されているスピーカーからお祈りの声が聞こえてきた。宗教によるものだとはわかっているけれど、夕焼けを背景にして流れてくる割れた音声は日本の集落に流れる「早く家に帰りましょう」の放送によく似ていた。洗濯物がなかなか乾きそうにない夕方の湿気との相乗効果で日本の南の方に遊びにきたような錯覚を覚えた。

暗がりが訪れ、それから静かになった。賑やかなのはライトアップされているゲストハウスとカフェ数軒、それもひっそりと灯りを灯している程度で、島全体が団欒の時間に入ってしまったようだった。小さな島では歩いて数分で島の端っこに行き当たってしまい、物音が聞こえると思ったらヤドカリの立てる足音だった、という冗談のような静けさだ。

5泊の予定だったけれど、これからどうやってこの島で過ごすかが課題になってきた。

虫以外に私がビーチリゾートに乗り気でなかった理由として、できることが少ないというのがある。赤子連れでは特に、ダイビングはもちろんシュノーケリングも水上スキーもできない。カヌーも不安がある。

海辺でゆっくりしていればいいのだろうけど、結局やることなんてオムツ替えと授乳との繰り返しなのだからわざわざ費用をかけて遠くまで行く意味はあるのだろうかと旅行前は自問したものだ。

滞在2日目はビーチでのんびりした。ビーチ嫌いでありながらこれまで夫に付き合って沖縄や欧州のリゾート地など海は様々見てきたけれど、ここの海は私がこれまで見たことのない透明度で、空にはうっすら雲がかかっていたのに淡いエメラルドグリーンの輝きを放っていた。

シュノーケリングなんてしなくても珍しい魚がすぐ横を泳いでいくのが立ったまま肉眼で見える。少しビーチが好きになってしまった。

島のカフェに行き2階の屋根付きテラス席でカレーのような料理を食べた。ワンプレートランチで、量のちょうどよさといいサラダをちょこっと載せた盛り付け方といい、日本のカフェを思い出し懐かしい気持ちになった。

食後には紫外線が弱まる頃にまたビーチに出向き、浮き輪をつけた赤子を生まれて初めて泳がせてみた。

そして翌日、朝から宿の主催する無人島へのツアーに参加するともう、やることがなくなってしまった。無人島といっても正しくはサンドバンク・砂州と呼ばれるもので、白い砂浜が細長く続き、訪れる観光客向けに藁葺きのパラソルが何本か立てられている、それだけの場所だ。絵葉書のように美しかったけれど探検するような規模ではない。

島のカフェ・レストランも全部で3軒、すべて1回ずつ訪れ、どれもまた訪れてもいいけれどぜひ戻りたいというほどでもない。最初の2軒はコーヒーがインスタントの粉コーヒーしかないらしく、3軒目ではもう聞くのを諦めたほどだ。宿の朝食も同様だったので、次にこの島を訪れるとしたら私はコーヒー豆と道具一式を持っていく。それほどコーヒーに飢えていたのはフィンランドに長くいすぎた証拠かもしれない。

でも3日でやることがなくなってしまった島をまた訪れるかどうか、答えは明らかだろう。

私たちは5泊の予定を早めて4日目の朝にこの島を出ることにした。次に滞在する島の方がわずかばかりだけれど大きかったことと、もともと予定変更可能な宿泊プランにしていたことが普段なら重い腰を上げさせた。ビーチならこの国のどこにでもある。それなら新たな島の探索に出かけた方がきっと楽しい、と。

それに実は、この島の、観光客が水着になれる指定のビーチの少し横手、地元の人しか足を踏み入れない海辺にきっと波に乗って流れ着くのだろう、プラスチックゴミが寄せ集められているのを、無人島ツアーに小舟で出かけて行ったときに目にしたのだ。長さ10mほどの小さな湾いっぱいに、隠すように、しかし隠しきれずといった様子で山になっていた。ペットボトルやビニール袋はもちろん、サンダルやお菓子の包装紙などもあった。

これが楽園の裏側なのかもしれない、と思うと、次の楽園の裏も見たくなったというのは否めない。地べたのハネムーンはまだ続く。

　モルディブ内で拠点とする島と宿を移したその2軒目の宿は近代的なホテルだった。決して巨大ではないけれど一階に朝食を取れるレストランとロビー、小さなお土産物屋があり、屋上にはルーフトッププールとジムもある。2階建てより高い建物のなかった島から来ると一気に現代へ戻ってきたみたいな気分になった。

　屋上のプールは、インフィニティプールで海と一体化して見え、さらに沖に目を凝らせばたまにイルカが遊んでいるのが見えるという天然水族館並みの楽しさに反していつも空いていた。11月の終わり、オフシーズンでホテル全体が空いていたのと、こんな時期にわざわざここに泊まるのは私たち同様寒い場所から来た人々、つまりビーチや砂浜に強い憧れを抱いた人種で外海へと泳ぎに行くのだろう。おかげでプールはいつも貸し切りで使わせてもらい、たまに他の宿泊客に遭遇すると「うわ、人間だ」と驚くような状況だった。

モルディブでの宿泊も5泊目だったので、朝食をゆっくり取りビーチに行き、お昼をやはり島のローカルな食堂で取ったら、昼寝と散策をしてそれからプール、というのんびりルーチンもすっかり出来上がっていた。そのせいかこの島の強い印象があまりない。

そこで夫に、あの島なにかあったっけ？　と聞いてみたところ、入学したての小学一年生みたいにたいへん元気のよい返事が返ってきた。

「コカ・コーラ工場！」

そうだった。島の中央にコカ・コーラの工場があり、申し込めば誰でも見学をできるとのことで、夫は一人で出向いたのだった。中は騒音がすると聞いたので私と赤子は遠慮したのだけれど、静かだったとしても工場に自主的に行ったかどうかは怪しい。日本にならエ場見学はいくらでもあるし、コーラもいいけれどもっと美味しくて楽しい工夫がされた大人の社会科見学も充実している。

しかしフィンランド人は違う。あの世界的なコカ・コーラがここに！　その裏側を見られるなんて！　と、うちの夫は喜び勇んで出かけていった。1時間にも満たない見学から帰ってきた夫は満足そうだったので、きっと楽しかったのだろう。そういえばこの島は夕方になるとほぼ毎日暗い雲に覆われて夕立が来たのだけれどそれにさえも夫ははしゃいでスペイン同様窓に張り付いていたから、出身国が違えばときめき対象さえも違うのだなと感心した次第だ。

その夫の工場見学の間、私は抱っこ紐に入れた赤子を連れて小さな島をぶらぶらしていた。地図で見るとホテルや住宅のあるエリアは島の東半分のみ、西半分はなにもない。通りもなにもだ。ヘルシンキの我が家の近所にも似たような、グーグルマップ上にさえなにも描かれていない空間があり、実際に行ってみるとそこはブルーベリーの宝庫だったりするのだけれどここはモルディブ。砂漠でも広がっているのだろうか、とのぞいてみることにしたのだ。

案の定そこは、だだっ広い、灰色の砂が広がった空き地だった。ところどころに緑の芝のようなものが生えているものの、土壌の問題か何かでなにも建てられないのだろう。そして一角には前回の島と同様、ゴミが集められていた。集積場と呼ぶにはあまりにも無秩序で、砂の上にただゴミがうずたかく、2階建の建物ぐらいの高さに山となっている。遠くに錆びたショベルカーやダンプカーも見えるからこれから埋め立てるのだろうか、それとも行き場がなくてただここに集められたのだろうか。あまりにもむき出しな楽園の裏側に、まあ楽園なんてそんな簡単に存在しないよね、と妙に納得した。

ホテルに戻ってから支配人と話す機会があったついでに、そのゴミの山のことを聞いてみた。彼はゴミの山を見られたことを恥じる様子もなく、観光客が持ち込むゴミ、特にペットボトルなどのプラスチックゴミが年々モルディブを訪れる観光客が増え観光産業がうるおうに連れ問題になっているのだという。また海流でよその国からゴミが流れ着いてしまうことも。私が見たのと比にならない量のゴミが国中から集められた、文字通りゴミの島になっている島も存在するのだという。

水上コテージに泊まればただただ綺麗な海の上でエキゾチックな、もしくはコンチネンタルなご飯を食べ、ホスピタリティに溢れたサービスを受け、ダイビングやシュノーケリングで海に潜り、モルディブいいとこ最高また来たい、で終われたのだろうし、どちらが本物のこの国の姿かなんて考えても無駄なのだろうけれど、まるでテーマパークに泊まるようなただただ夢を見る旅に、この、夫が勝手に「新婚旅行」と名付けているものが行き着かなくて、それだけでも私は満足だった。こんな旅ならリゾート旅も悪くはないかな、とこっそり思った。

そんな通称地上の楽園においても今宵も平常運転の夫は11月末、ブラックフライデーで各旅行会社がセール中なのをいいことにまた、次の旅行の計画を立て始めた。ホテルのWi-Fiの調子が悪いとのことで近くのカフェに一人で出向き、そこのフリーWi-Fiと海外ローミングを駆使してまで取ってきたのは、1ヶ月半後の日本行きのフライトであった。ほくほく顔でホテルに戻ってきた後はプールサイドでさらに日本から飛べるリゾートも検索し始めている。

楽園とまでいかなくとも日本には冬でも太陽、お日様と青空がある。フィンランドの暗い時期になにがなんでも日を浴びようというフィンランド人の情熱は続く。

ルーツ探しの旅

ヘルシンキから５００㎞ほど離れたフィンランドの西海岸近くの村に、私たち一家はいた。

観光客目線で言えばなにもない村である。強いて言うなら村の中央を貫く目抜き通りに18世紀後半に建てられた黄色い石造りの教会が、人口５０００人ほどの村の規模にしては大変立派にそびえたっているぐらいである。ここら一帯は西海岸には多いスウェーデン語圏で、道路標識もスウェーデン語が先に、その下にフィンランド語が書かれているのがヘルシンキから来てみると物珍しい。目抜き通りの左右には細い道が、そしてその脇には民家と牧草地が広がり、フィンランドのどこにでもある農村の風景である。

夏の昼間、村は静まり返っていた。みんな休暇に出かけているのだろうか。もしくは珍しく暑い日だったから家の中で休んでいるのか。村にひと気はなく道を聞くこともできない。

私たちは、正確には私と夫は、ある家を探していた。車の後部座席に座っている子供たちは幸い昼寝に入ったところで、彼らが静かなうちにこのミッションを遂行したかった。

誰も歩いてくる気配がないので車で適当な路地に入ると、民家のポーチに座って新聞を読んでいる高齢男性を見つけた。第一村人発見、ってやつだ。車を停めた夫が話しかけに行く。

「自分はこういう者でこういった家を探しているんですけど……」

車の中から様子を見守っていると、どうも会話が成り立っているように見えない。それもそのはず、相手はフィンランド人ながらスウェーデン語話者だったのだ。

しばらくして相手のおじいさんも昔学校で学んだフィンランド語をゆっくりと絞り出し、夫も同じくふた昔以上前に学校で習ったきりのスウェーデン語を交えて、何とか会話が始まった。

そしてそのおじいさんの家こそが、まさに私たちが探している家だと判明したのは会話が始まって15分ほどしてからだった。

夫の父方の家には家系図が存在する。

歴史好きの夫の伯父と夫の父が家に代々伝わる聖書や市役所などに残されている資料からリサーチを重ねパソコンで清書したもので、数百年分さかのぼることができる。私も子供の名前を付ける際にはずいぶん世話になった。

その家系図、少し代をさかのぼるとご先祖様の生まれた場所がフィンランド国外になるのだ。お隣の国々に支配され続けてきたフィンランドでは珍しいことではない。

そのご先祖がフィンランドにやってきて住みついて村を成した場所も資料には載っている。それがこの、私たち一家がはるばると車でやってきた村なのである。

その当時の家、といっても100年以上前のものだけれど、それがまだ残っているというのは夫の伯父から聞かされていた。

感染症が流行って海外旅行に行けなくなった年、私たちはめったに来ることのないフィンランドの西海岸方面に足を延ばし、子供たちとキャンプをしつつ、そのルーツである家を訪ねようとしたのである。

先祖ゆかりの家はあっさりと見つかった。石造りの頑丈そうな家で、なるほど、これなら100年以上は持つわけだ、と納得した。

その後電話を歴史好きの伯父につなぎ、第一村人であるおじいさんとも会話をしてもらって、おじいさんも実は遠い親戚だと判明した。それから教会の近くにも同じように夫の先祖が建てた家があり、さらには教会も先祖が建てたものだと。

もちろんこれらは伯父もかつてはこの地を訪れてリサーチ済みだったのだけれど、こんなにあっさり見つかったのは夫の一族の苗字が海外由来なのでフィンランドでは珍しいことと、その苗字の一部が村名に使われているおかげだった。たとえるならば苗字が川瀬で、村名が川村、というような。この村の人々なら夫の苗字を名乗れば、ああああそこの家の関係者なのねと一発で分かってもらえる。日本の田舎と同じだなぁと私は感心した。

近隣の村にも似たような苗字（前掲の例でいうと川中）を掲げたベーカリーがあり立ち寄ってみるとやはり、店のお姉さんに遠い親戚の可能性は高いわね、と言われ大きなバゲットをひとつサービスしてもらった。

そのベーカリーの近くにはトマトなどの農産物とこの地方で採れた天然はちみつな

どを並べた小屋、つまり無人販売所があり、フィンランドでは珍しくもちろん試させてもらった。防犯カメラがあるにしても無防備なほどむき出しのトマトやその他の野菜が浅い段ボール箱に並べられている様子は、日本で慣れているはずなのに心配になって妙にドキドキしまう。ただし支払い方法はしっかりとフィンランド流、カード払いだ。量り売りのトマト各種とはちみつの値段を自分で小型精算機に打ち込み（必要なら電卓もあった）、非接触型のカードで支払いと、ずいぶんスムーズに済んだ。

村から帰る途中、民家の庭先には赤と黄色の細長い三角の旗が掲げられていた。祝日ではないから日常的に旗を揚げているのだろう。おなかがすいていたので私にはケチャップとマスタード、つまりホットドッグのサインにしか見えなかったけれど、それらはスウェーデン語話者の家庭であることを示す旗なのだそうだ。

他にもアイスクリームスタンドのチェーンがヘルシンキ界隈では見たこともないものだったり、ちょっと大きな街に出てみれば南部の地方都市なんかよりよっぽど都市計画がしっかりしていたり、ヘルシンキでは見たこともないレジャー施設が多くあったりと、同じフィンランドと思えずスウェーデンやノルウェーに来た気分だった。

フィンランドは他の国、例えば日本やドイツに比べてずっと、地方の特徴が薄い。地方名産品なんてプロモーション目的であったとしても何もないし、普段の食事もどこに行っても基本的にミートボール、サーモン、マッシュポテト、ライ麦パンで、ご当地や地方限定品というものが非常に少ない。風景も乱暴な表現をすればどこまで行っても制限速度１００㎞の高速道路わきに白樺か松、森、湖で、ちょっと北に行けばトナカイが出てきて珍しいぐらいなものだ。チェーン店もどこでも同じ顔ぶれ、同じ商品が並んでいる。

日本で道の駅によってご当地グルメを食べる楽しみを知ってしまった私には、そんなフィンランドは常々退屈だと思っていたし、たぶんフィンランドの人たちも同じように国内どこも同じと思って、たまにラップランドにスノーレジャーに行く以外は自宅とサマーコテージの往復で満足している。保守的な人たちはいつも同じ料理を食べ同じ店で服を買い車で1時間程度の距離でさえめったに移動しない。

それゆえ保守的とは反対の我が家も簡単にヘルシンキから飛べる海外にばかり行っていたのだけれど、改めてフィンランドの多様性を目にしてさらに国内を探訪するのが楽しみになってきた。

おわりに

スペイン、ポルトガル、モルディブ、そして日本と、北欧の暗闇を逃れるように半年以上もの間旅しまくってフィンランドに戻ってきたときのこと。

最終的には日本からの直行便で戻ってきたので、スーツケースの中には私が普段恋しがるもの、良質なお味噌や乾物、書籍類がぎっしり詰まっていた。これで数ヶ月は安泰に暮らせるぞ、と心は温かいはずなのに、どこか物足りない気持ちがあった。

ともに長旅してきた夫も同じらしく、フィンランドはヴァンター空港の到着ゲートを出てすぐにあるコンビニに向かった。そこで買ったものは、ライ麦100%のパン、安価で美味しいチーズ、牛乳、ブルーベリーのスープ、しっかり燻製してあるハムにサーモン。

それから自宅に帰り着いて一番に蛇口を開け、水道水をグラスに注いで2人で一気飲みした。水が恋しかったのである。

フィンランドの水は軟水である。

日本やその他一部の軟水の国をのぞき、海外を旅しているとこのフィンランドの軟水、気軽に飲める柔らかな口当たりの水道水がどうしても恋しくなってしまう。

それからライ麦パン。いくらライ麦入りを謳っていてもよその国では柔らかいパンが多く、硬くて噛むほどにじんわり甘みが出てくるようなフィンランドのパンが食べたくなってしまう。

人はよく私に、日本の何が恋しい？　と聞く。私はホームシックにかかっているんじゃないかと相手に心配されているような気がして、食べ物！　とあえて力強く無邪気に答えて話を逸らす。日本の食べ物は恋しいけれど、それ以外は別に、というふうに。

そして日本の食文化の素晴らしさで話が盛り上がるのだけれど、実際よその国を旅していて恋しくなるのは日本もフィンランドもどっちもだ。


半年以上ぶりに腰を落ち着けたヘルシンキの自宅のカーテンを開け裏庭に出ると、

そこはもう春で、一本だけある遅咲きの桜の花が満開だった。この家には秋に越してきたばかりで桜があることなんてすっかり忘れていた。ましてやそれが、こんなに見事に花を咲かせるなんて。

それまで言葉にしたことはなかったけれど、日本の桜は確かにたまに恋しくはなる。だけどその対象が、品種こそ違えど裏庭に登場したことで、もういい加減日本ばかり恋しがっていると思われるのもおしまいにする時期だな、と私に何かを決意させた。新しい土地に住み着くというのは、そうやって恋しくなる対象物を増やしていくことなのかもしれないな、とも。

実際はそれからまた半年も経たぬうちに1ヶ月半にわたる海外旅行に出て、なおかつ旅先で第二子の妊娠がわかってつわりに苦しみ、日本の和食が焦がれるほど恋しくなったのだけれど、それはまたいつかの機会に。

本文デザイン　古田雅美
本文イラスト　赤羽美和

この作品は幻冬舎ｐｌｕｓの連載「フィンランドで暮らしてみた」（二〇二一年七月〜）を加筆修正し、書き下ろしを加えて再編集した文庫オリジナルです。

意地(いじ)でも旅(たび)するフィンランド

芹澤桂(せりざわかつら)

令和4年2月10日　初版発行

発行人――石原正康
編集人――高部真人
発行所――株式会社幻冬舎
〒151-0051東京都渋谷区千駄ヶ谷4-9-7
電話　03(5411)6222(営業)
　　　03(5411)6211(編集)
振替00120-8-767643
印刷・製本―中央精版印刷株式会社
装丁者――高橋雅之

幻冬舎文庫

ISBN978-4-344-43168-3　C0195　せ-7-3

幻冬舎ホームページアドレス　https://www.gentosha.co.jp/
この本に関するご意見・ご感想をメールでお寄せいただく場合は、
comment@gentosha.co.jpまで。